Alle Jahre Widder

Martin Klein wurde 1962 in Lübeck geboren und lebt seit 1986 als freier Autor in Berlin. 1990 erschien sein erstes Kinderbuch, dem viele weitere folgten. Für seine Geschichten erhielt er verschiedene Auszeichnungen, darunter das Alfred-Döblin-Stipendium und den Umweltmedienpreis der Stadt Waiblingen.

Martin Klein

Alle Jahre Widder

Mit Illustrationen von
Kerstin Meyer

Sonderausgabe
Veröffentlicht im Carlsen Verlag
Oktober 2013
Oktober 2006 (CTB 566)

Umschlagbild: Kerstin Meyer
Umschlaggestaltung: formlabor
Corporate Design Taschenbuch: bell étage
Gesetzt aus der Stempel Garamond und DIN PostScript
von Dörlemann Satz, Lemförde
Druck und Bindung: GGP Media GmbH, Pößneck
ISBN: 978-3-551-31273-0
Printed in Germany

Alle Bücher im Internet: www.carlsen.de

Inhalt

1. Eine besondere Begegnung

Es ist nichts Besonderes, wenn man in der Adventszeit einen Weihnachtsmann trifft. In den Wochen vor Heiligabend wimmelt es nur so von Zipfelmützen und weißen Bärten. Sie grinsen von den Plakatwänden und aus den Schaufenstern, stapfen von früh bis spät für Mobiltelefone und Tütensuppen durch sämtliche Fernsehkanäle und rennen mit völlig uninteressanten Reklamezetteln in den Fußgängerzonen herum.

Ein Weihnachtsmann als solcher ist im Dezember also nicht der Rede wert.

Etwas bemerkenswerter ist es schon, wenn man einen dieser Typen mitsamt seinem Schlittengespann trifft. Wenn das Gefährt nicht auf dem Boden steht, sondern durch die Luft düst und die Kufen einen Schweif aus glitzernden Funken hinter sich lassen, kann man allmählich von einer Begegnung sprechen, die auch in der Weihnachtszeit nicht alltäglich sichtbar wird. Sind aber keine Rentiere vor den Schlitten gespannt, sondern erstens ein echtes Dromedar,

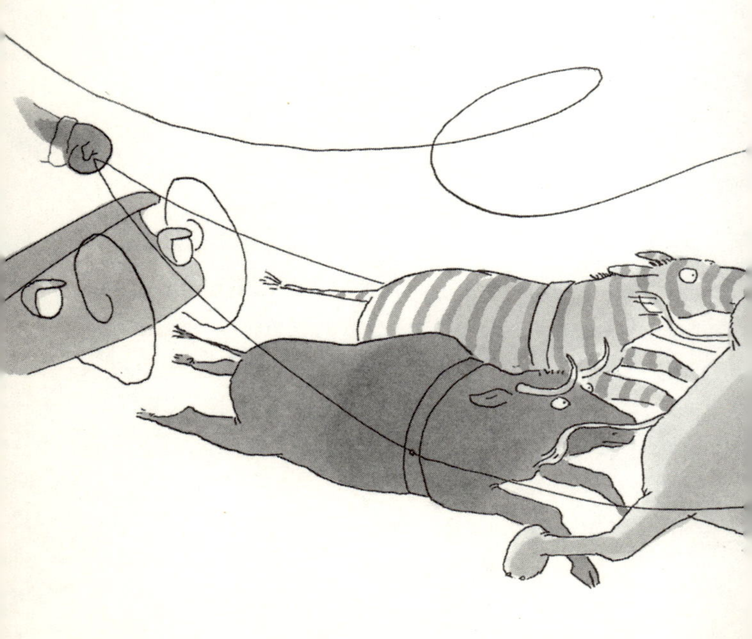

zweitens eine braun-weiß gefleckte Milchkuh, drittens ein Zebra, ordentlich gestreift wie ein Fußgängerübergang, und viertens ein mächtiger Stier mit geschwungenen, messerspitzen Hörnern, dann hat diese Erscheinung sicher besondere Aufmerksamkeit verdient. Möglicherweise steckt sogar eine außergewöhnliche Geschichte dahinter.

Das dachte jedenfalls Lina, die selber ein Teil dieser Geschichte ist, und mit ihrer Vermutung hatte sie vollkommen Recht.

Es geschah genau am Heiligabend. Linas Wunsch, ein Kaninchen geschenkt zu bekommen, hatte seine maximale Größe erreicht. Wäre das Ausmaß ihrer Sehnsucht nach dem Langohr

auf seine Körpergröße übertragen worden, wäre das größte Kaninchen der Welt dabei herausgekommen. So groß, dass es einen Jäger vom Hochstand pusten würde, ohne sich dabei aufrichten zu müssen. Die Hoffnung auf die Erfüllung von Linas riesengroßem Weihnachtswunsch war jedoch bedauerlicherweise schrecklich klein geworden. Sie war so winzig, dass ein entsprechendes Kaninchen sich unter dem Spalt zwischen Wandleiste und Fußboden hätte verkriechen können.

In diesem Moment aber sah Lina den merkwürdig gemischten vierspännigen Schlitten mit der Geschwindigkeit einer Sternschnuppe auf das Fenster ihres Zimmers zurauschen. Sie bekam zunächst einen mächtigen Schrecken, denn so ein Weihnachts-Vierspänner passt nicht durch ein normales Kinderzimmerfenster. Doch schon wenige Augenblicke später hatte Linas Laune sich wesentlich geändert. Sie war nämlich sicher, dass sie auf dem Schlitten etwas ganz Bestimmtes erspäht hatte, und diese Beobachtung änderte einiges. Lina berechnete ihre Wunscherfüllungswahrscheinlichkeit auf der Stelle neu, und das

Ergebnis war erfreulich. Das war kein Wunder, denn was sie gesehen hatte, war … Halt! Es war sehr wohl ein Wunder. Und doch wieder nicht, denn … Stopp! Schnitt. Das Ganze noch mal von vorn. Diesmal aber der Reihe nach.

2. Herr Kaurismäki fordert Verstärkung

»Nein!«

Ein energisches Schnauben drang durch eine Bürotür mit dem Schild: *Meister Matthäus/Leitung der Abteilung Auslieferung*, hallte über den Flur und brachte die elektrische Lichterkette, die ein wenig liederlich über der Tür aufgehängt war, zum Schaukeln.

»Nein, nein, nein!«

Aus dem energischen Schnauben wurde ein verärgertes Wiehern. Es prallte im Zickzack von den Flurwänden ab und verließ das schmucklose, einem Baucontainer ähnliche Haus durch den Haupteingang. Draußen verlor es an Wucht. Es glitt an einer stattlichen Ansammlung von großen fabrikähnlichen Bauten, Lagerhallen und Verwaltungsgebäuden vorbei, stieg langsam höher und verlor sich, leiser und leiser werdend, in den himmlischen Weiten.

Es war kurz nach dem sechsten Dezember. Hier, auf einem abgelegenen Trabanten irgendwo in der Unendlichkeit des Universums, hatte die Weihnachtsorganisation schon so lange ihr Hauptquartier, wie es den Heiligen Abend gibt.

Das Wesen, das da so energisch schnaubte und so verärgert wieherte, war niemand anderer als Herr Kaurismäki, der allgemein bekannte Gewerkschaftsführer. Er saß in einem uralten, riesigen Sessel und funkelte sein Gegenüber aus seinen gutmütigen, wenn auch leicht blutunterlaufenen Augen entschlossen an. Schon die Urahnen von Herrn Kaurismäki hatten ihre so ausladenden wie kräftigen Hintern in dasselbe Polster gedrückt. Jahr für Jahr hatten sie den Stoff weiter abgewetzt und ausgefranst und mittlerweile konnte man nicht mehr erraten, welche Farbe die Polster des Sitzungetüms wohl einmal getragen haben mochten. Die hölzernen Lehnen waren rau wie verwitterte Bahnschwellen und die Rückenlehne schief wie ein schlecht aufgehängtes Gemälde. Kurzum, es war längst Zeit für einen neuen Sessel, mindestens seit ein paar hundert Jahren. Aber der große Chef war der

Meinung, angesichts seiner von Natur aus nicht sehr zarten Nutzer würde ein neues Möbelstück garantiert schnell leiden. Gespart werden müsse aber, wie jedermann wisse, auch in den Himmelsweiten, also könne man ebenso gut den alten Sessel behalten.

»Nein!«, wiederholte Herr Kaurismäki mit fester Stimme.

»Ich bitte Sie«, sagte Meister Matthäus und in seiner wohlklingenden Stimme schwang ein besorgter Unterton mit. Er war ein stattlicher Weihnachtsmann und blieb stets in den besten Jahren. Zum besseren Verständnis des Weihnachtsgeschehens ist an dieser Stelle anzumer-

ken, dass es *den* Weihnachtsmann als einzelne Person nicht gibt. Diese Einschätzung ist eine törichte Vorstellung aus Zeiten, in denen die Menschen noch glaubten, dass nur Engel zum Mond fliegen können.

Ein einziger, einsamer Weihnachtsmann könnte die ungeheure Arbeit, die mit der weltweiten Bescherung verbunden ist, niemals bewältigen. Da nützen auch die Zauberkräfte nichts, die jeder himmlische Zipfelmützenträger in begrenztem Maße besitzt.

Nein, für das Fest am vierundzwanzigsten Dezember benötigt der große Chef seit jeher eine stattliche Anzahl von Weihnachtsmännern, die jeder genau festgelegte Aufgaben erfüllen. Sie sind in der Weihnachtsorganisation zusammengefasst und Meister Matthäus bekleidet eine der schwierigsten Positionen. Die Leitung der Abteilung *Auslieferung* ist so nervenaufreibend, dass ihm niemand sein himmlisches Gehalt missgönnt.

Wenn nicht gerade Weihnachtszeit ist, schaut Matthäus gern Fußball-Europacupspiele, liest Science-Fiction-Bücher, kickt über den Wolken mit seinen alten Freunden Markus, Lukas und Johannes oder macht Computerspiele.

Nun aber hatte er wie jedes Jahr in der Vorweihnachtszeit längst wieder seinen roten Anzug angelegt und seinen Arbeitsplatz hinter dem mächtigen, altehrwürdigen Schreibtisch aus Götterbaumholz eingenommen.

Herr Kaurismäki schnaubte ungehalten. Um seine Ablehnung zu unterstreichen, richtete er sich erst umständlich auf, schabte grunzend mit sämtlichen vier Hufen auf den kläglichen Resten des Sesselpolsters herum, und anschließend verschränkte er die Vorderhufe vor dem Brustfell. Das alles sah recht merkwürdig aus, denn Herr Kaurismäki war ein ausgewachsenes Rentier.

Meister Matthäus saß auf seinem rückenfreundlichen Drehstuhl, kippelte nervös hin und her und bemühte sich Herrn Kaurismäki gegenüber möglichst gelassen zu erscheinen. An der Garderobe neben der Tür baumelte an einem Gummizug sein langer weißer Vollbart und auf der Hutablage lag die große, rote Dienstzipfelmütze neben einem Haufen Kappen mit den Abzeichen der weltbesten Fußballvereine.

Auf dem Schreibtisch stand ein Computer und klickte leise, als sich der Bildschirmschoner einschaltete. Untersetzte Weihnachtsmänner erschienen. Sie waren nur mit langen, geblümten Unterhosen bekleidet und begannen in Zeitlupe, roten Anzügen, weißen Bärten und schwarzen Stiefeln hinterherzuwetzen, die kreuz und quer über den Bildschirm entflohen.

»Ich bitte Sie sehr«, bat Meister Matthäus das Rentier und legte in seine Augen einen ganz bestimmten Ausdruck milder Strenge. Dieser Blick machte es jedem Menschen praktisch unmöglich, das Anliegen eines echten Weihnachtsmannes abzulehnen. Bedauerlicherweise wirkte der Blick auf das Rentier nicht zufrieden stellend.

»Bitten Sie nur!«

Herr Kaurismäki wieherte belustigt, blähte die Nüstern und betrachtete ausführlich einen seiner völlig erdverkrusteten Vorderhufe. »Mein lieber Lothar Matthäus«, begann er. »Ich ...«

»Meister Matthäus«, unterbrach der Leiter der Abteilung *Auslieferung* streng. »Meister Matthäus. Oder von mir aus Zico, Pelé oder Zinedine. Aber bitte nicht Lothar.«

»Schon gut.«

Herr Kaurismäki machte eine abwinkende Hufbewegung. Einige Erdbröckchen lösten sich aus dem Horn und landeten auf der Schreibtischplatte. Meister Matthäus fegte sie mit einer energischen Handbewegung vom Tisch.

»Ich bin kein kleiner Junge, der sich bange fragt, ob Sie Knecht Ruprecht mit dem Knüppel dabeihaben«, erklärte Herr Kaurismäki. »Ich bin der Vorsitzende der himmlischen Rentiergewerkschaft. Bei mir kommen Sie mit dieser *Schaut her, ich bin der nette, aber auch mächtig starke Weihnachtsmann!*-Tour nicht weiter. Ich habe schon ganz andere Verhandlungen hinter mich gebracht.«

»Ich verdoppele Ihre Haferration«, schlug Matthäus vor.

»Zwecklos.«

»Ich verdreifache sie.«

»Sie wissen so gut wie ich, dass es nicht um die Verpflegung geht!«

»Dreifache Haferportion plus Dinkel-Hirse-Nachtisch.« Meister Matthäus beharrte starrsinnig auf dem Futter-Thema, zum einen, weil er

wusste, wie verfressen die Rentiere waren, und zum anderen, weil ihm nichts anderes einfiel.

»Lothar Matthäus!«

Das Rentier grunzte halb wohlwollend und halb ungehalten und erhob sich ächzend aus dem Sessel. Das alte Möbelstück knarrte dabei wie ein verzogener Dachstuhl.

»Sagen Sie *bitte* nicht Lothar zu mir!«, schimpfte Matthäus.

Herr Kaurismäki trabte zum Schreibtisch, streckte dem Abteilungsleiter den massigen, ein wenig nach Kuhstall riechenden Kopf entgegen, richtete sich auf und ließ krachend die Vorderhufe auf die Tischplatte fallen.

»Wir sind an den Grenzen unserer Möglichkeiten angelangt!«, schnaubte er. »Allein der Nikolaustag in Europa war diesmal schwerer zu bewältigen als der weltweite Heiligabend im vergangenen Jahr! So viele Kinder haben noch nie ihre Schuhe rausgestellt! Kinder aller Religionen! Und was erzähle ich von Schuhen. Ach was. Stiefel! Anglerstiefel, die bis zur Hüfte reichen! Riesenstiefel, extra für den sechsten Dezember angefertigt! Und sämtliche Schuhe standen außerdem noch daneben! Plus die Sommersandalen. Und alles musste irgendwie halbwegs gefüllt werden, sonst hätten all die lieben Kinderlein schlechte Laune bekommen.«

Das Rentier schob seinen Kopf noch näher heran. Meister Matthäus spürte seinen dampfenden Atem.

»Früher gab's auch Schuhe, die leer blieben. Sie erinnern sich sicher. Doch diese Zeiten sind vorbei. Heute wird so getan, als benähmen die Racker sich allesamt tadellos. Heute bekommt jeder sein Geschenk. Selbst der größte Rabauke! Und wer muss es ausbaden? Wer muss all die Geschenke anschleppen?! Wir Rentiere!«

Herr Kaurismäki rollte so wild mit den Augen, dass Meister Matthäus ein wenig schwindlig wurde, als er den Blicken des Rentiers zu folgen versuchte.

»Darüber hinaus mussten wir in Länder reisen, von denen wir bislang angenommen haben, dass die Kinder dort Weihnachten für einen leckeren Fisch halten und den Nikolaus für den neuen Gitarristen von ZZ Top!«, schnaubte der Gewerkschaftsboss. »Wir haben uns abgehetzt wie noch nie und trotzdem haben wir es kaum geschafft!«

»Wer, bitte sehr, ist ZZ Top?«, fragte Meister Matthäus.

Kaurismäkis Augen hörten auf zu rollen und fixierten ihn.

»Ausgerechnet Sie wissen das nicht?« Kaurismäki lachte wiehernd. »Ausgerechnet der Weihnachtsmann, der berühmteste Vollbartträger der Welt, kennt ZZ Top nicht?« Das Rentier beugte sich so weit vor, dass Meister Matthäus die roten

Adern in seinen Augen zählen konnte. »ZZ Top ist eine astreine Hardrock-Band, deren Mitglieder matratzengroße Vollbärte tragen. Aber echte, keine angeklebten! Die gibt es schon genauso lange wie den Nikolaustag, und die Jungs haben's voll drauf!«

Herr Kaurismäki richtete sich auf und versetzte seinen massigen Körper in so etwas Ähnliches wie rhythmische Bewegungen. »*Gimme all your lovin'!*«, grunzte er begeistert. »*Oh yeah!*«

Meister Matthäus beschloss die unvermittelt gestiegene Laune des Gewerkschafters auszunutzen.

»Herr Kaurismäki, ich bin mir darüber im Klaren, dass Sie in schwierigen Zeiten Großartiges leisten«, schmeichelte er.

»Machen Sie Ihre Komplimente dem Klapperstorch!«, schimpfte das Rentier. Seine Fröhlichkeit war mit einem Mal restlos verschwunden. »Vielleicht bringt er Ihnen dann einen neuen kleinen Nikolaus. Bei mir zieht das nicht. Sie wissen so gut wie ich, dass wir Weihnachten noch viel mehr Arbeit haben werden als am Nikolaustag. Unmöglich zu bewältigen. Ab-so-lut un-mög-lich.«

»Unmöglich?«, wiederholte Meister Matthäus arglos und lächelte möglichst liebenswürdig. »Aber Herr Kaurismäki, das Wort *unmöglich* hat doch hier oben bei uns keinerlei Bedeutung.«

»Schnickschnack.« Das Rentier schüttelte energisch den Kopf und Meister Matthäus schien es, als würde seine Bemerkung von Kaurismäkis kräftigem Geweih beiseitegefegt wie ein Rivale aus seiner Rentierherde. »Das galt vielleicht bis vor hundert Jahren. Aber die Zahl der Kinder und vor allem der Geschenke hat heutzutage Dimensionen angenommen, von denen himmelweit niemand die geringste Vorstellung hatte. Sie müssen das bei der Anlieferung endlich berücksichtigen, Lothar Matthäus. Und zwar durch zusätzliche Einsatzkräfte.«

»Wie bitte?!«, fragte der Abteilungsleiter scharf.

»Und zwar ab sofort!«, bekräftigte das Rentier.

Meister Matthäus richtete sich aus seinem rückenfreundlichen Stuhl auf, beugte sich über den Schreibtisch, bis seine Stirn fast die seines Gegenübers berührte, und starrte aus nächster Nähe in Kaurismäkis blutunterlaufene Augen.

»Wie heiße ich?!«

»Schon gut, ich sag's nicht mehr«, brummte das Rentier scheinbar gutmütig.

»Versprochen?«

»Großes Rentier-Ehrenwort.«

»Okay.« Meister Matthäus stimmte seinem Gesprächspartner zu. »Mein lieber Kaurismäki, Sie haben gewiss grundsätzlich Recht. Aber wir haben Ihre Forderung längst erfüllt. Die Zahl der eingesetzten Kollegen ist stetig gewachsen.«

»Und jetzt gibt es schon seit langem kein einziges Rentier mehr zwischen Helsinki und dem Polarkreis, das in der Weihnachtszeit noch weiß, wo ihm der Kopf steht«, erklärte Herr Kaurismäki. »So geht's nicht weiter. Entweder wir bekommen sofort Verstärkung oder …«

»Oder was?«, erkundigte sich Meister Matthäus und tat uninteressiert.

»Oder wir liefern Heiligabend nicht aus.«

Das Rentier lächelte betont liebenswürdig.

»Wa…wa…was?!« Der himmlische Leiter der Abteilung *Auslieferung* erschrak nun begreiflicherweise sehr.

»Aber …«

»Nix aber«, schnaubte Kaurismäki. »Entweder, oder.«

»Aber ohne die Rentiere sind wir total aufgeschmissen, das müssen Sie doch wissen! Der ganze Laden läuft dann nicht! Die Bescherung fällt komplett aus!«

»Bauen Sie halt ersatzweise ein paar Raumschiff-Transporter oder so was«, schnuberte Herr Kaurismäki genüsslich. Er zog die Vorderhufe von der Schreibtischplatte, drehte Matthäus seinen ausladenden Hintern zu und kehrte schaukelnd zum Sessel zurück. Krachend ließ er sich hineinplumpsen und begann an der Polsterung herumzuknabbern.

Meister Matthäus warf ihm einen wütenden Blick zu und wischte mit dem Handrücken die Erdbrocken beiseite, die das Rentier auf dem Schreibtisch hinterlassen hatte. Raumschiffe! Natürlich wusste Kaurismäki ebenso gut wie jeder andere Mitarbeiter der Weihnachtsor-

ganisation, dass dergleichen überhaupt nicht in Frage kam. Technisch gesehen wären natürlich selbst Geschenktransporter mit zehnfachem Lichtgeschwindigkeitsturbo und vollautomatischem Geschenke-Beamen kein Problem gewesen. Theoretisch waren die Möglichkeiten völlig unbegrenzt, aber praktisch eben nicht. Raumschiffe und ähnlicher Kram passten einfach nicht zum Brauchtum des Weihnachtsfestes. Zu seiner Tradition. Zum öffentlichen Erscheinungsbild. Zur Corporate Identity. Meister Matthäus verstand diesen Begriff zwar nicht genau, aber er liebte ihn, denn er klang in seinen Ohren wie ein wichtiger Befehl aus einem Science-Fiction-Abenteuer.

»Corporate Identity«, murmelte er in knorrigem Tonfall und stellte sich vor, sein Büro sei keine Weihnachtsauslieferung, sondern die Kommandozentrale eines intergalaktischen Brückenkopfes in einem von schleimigen Feinden umgebenen Planetensystem. Meister Matthäus hatte nämlich die seltsame Fähigkeit, sich gerade in schwierigen Situationen von einem Moment auf den anderen einfach wegzudenken. Dort, wo er dann in Gedanken landete, galt die Lage zwar für gewöhnlich als noch schwieriger, aber dafür war er selbst zu einem allmächtigen Helden geworden.

»Alle Schutzschilde aktivieren!«, knurrte er. »Und dann blasen wir sie weg!«

»Wie bitte?«, schnaubte Herr Kaurismäki.

»Ähem.« Meister Matthäus zuckte zusammen. Er schwankte ein wenig in seinem Stuhl hin und her, klammerte sich an den Lehnen fest und kehrte mühsam in die Wirklichkeit zurück.

»Ein Raumschiff wäre zweifellos eine Supersache.« Er räusperte sich. »Ich fürchte nur, es würde nicht akzeptiert. Jedes Kind auf der ganzen Welt weiß, dass die Geschenke von einem Schlitten angeliefert werden und dass dieser Schlitten von Rentieren gezogen wird!«

»Keine Bescherung ohne Verstärkung«, sagte Herr Kaurismäki.

»Aber alle Rentiere der Erde sind schon im Einsatz.«

»Eben.« Der Gewerkschafter nickte. »Endlich beginnen Sie die Sache zu kapieren. Wir müssen neue Tiere heranschaffen.«

»Na gut.« Meister Matthäus lenkte ein. Was blieb ihm auch sonst übrig. »An welche Arten haben Sie gedacht?«

»Das ist uns egal. Hauptsache, sie können einen Kufenschlitten durch die Luft ziehen.«

»Glauben Sie denn, Sie finden auf die Schnelle welche?«

»Wer?! Ich?! Wir?!« Herr Kaurismäki lachte wiehernd. »Nein, nein!« Er hob den rechten Vorderhuf. »Das ist Ihr Job, Loth…, äh, Meister Matthäus.«

»Aber ...«

»Aber?« Das Rentier blähte die Nüstern auf.

»Schon gut.« Der himmlische Abteilungsleiter nickte ergeben. »Ich werde schon irgendwie welche finden.«

»Davon gehe ich aus. Schön, dass wir uns einig sind.«

Herr Kaurismäki kletterte polternd aus dem Sessel und wandte sich zur Tür. Dann trabte er hinaus und steckte einen Moment später noch einmal seinen dicken Kopf ins Büro.

»Ach ja«, sagte er. »Dreifache Haferportion plus Dinkel-Hirse-Nachtisch ist natürlich ab sofort ein fester Sonderbestandteil unserer Vereinbarung.«

»Aber ...«

»Aber?« Das Rentier senkte kampfeslustig sein Geweih.

»Aber schon gut«, knirschte Meister Matthäus zwischen den Zähnen hervor.

»Frohes Fest, Zico«, schnaubte Herr Kaurismäki fröhlich, während er endgültig nach draußen verschwand.

»Frohes Fest, o ja, frohes Fest! Ihr Burschen

werdet Jahr für Jahr dreister«, knurrte der Weihnachtsmann dem Rentier hinterher und mit gesenkter Stimme fügte er an: »Der Teufel soll euch holen!«

Er wandte sich seinem Computer zu. Die virtuellen Weihnachtsmänner auf dem Bildschirmschoner waren längst komplett angezogen und hatten angefangen Fußball zu spielen. Zwei Schlitten dienten als Tore und eine Sternschnuppe als Ball. Das geschah nur, wenn Meister Matthäus geraume Zeit nicht gearbeitet hatte. Er scheuchte sie mit einem Tastendruck vom Bildschirm und öffnete ein Computerspiel. Es war im Himmel nicht wohl gelitten, aber ebenso vorhanden wie alles andere auch und es hieß *Meisterjäger*. Das Beste daran war, dass der Spieler sich frei aussuchen konnte, wem er nachstellte. Matthäus entschied sich für Rentiere. Bald krachte und wummerte es aus den Lautsprecherboxen, und von Zeit zu Zeit kicherte der Oberweihnachtsmann auf eine Art, die nicht jeder von ihm erwartet hätte. Manchmal blickte er sich verstohlen um und dachte: Hoffentlich hört mich der große Chef nicht.

Später, nachdem er sich ausreichend ausgetobt hatte, grübelte Meister Matthäus darüber nach, wer die traditionellen weihnachtlichen Zugtiere unterstützen könnte. Wenn er niemanden fand, würde die Bescherung möglicherweise nicht stattfinden. Bei diesem Gedanken rutschte der Leiter der *Weihnachtsorganisation, Abteilung Auslieferung* so unruhig auf dem rückenfreundlichen Drehstuhl hin und her, dass er beinahe heruntergeplumpst wäre. Es war besser, sich erst gar nicht den Ärger vorzustellen, der auf eine weltweit ausgefallene Bescherung folgen würde. Aber eines war klar: Die Empörung würde lückenlos vom kleinsten Ladenbesitzer über Abermillionen Kinder unten auf der Erde bis hinauf zum großen Chef in den himmlischen Weiten reichen.

Meister Matthäus grübelte. Wie löste man ein derartiges Problem auf diesem verrückten, kleinen, blauen Planeten? Was machten die Menschen, wenn sie an einem Ort mehr Arbeit als Leute hatten? Sie holten Leute von woandersher. Und was taten sie, wenn es nicht genügend Fachkräfte gab? Sie schulten die Leute um.

»Gastarbeiter«, murmelte der Weihnachtsmann. »Umgeschulte Gastarbeiter. Genau, das ist es. Wir stellen Gasttiere an und bilden sie aus.«

3. Zwei schwierige Wunschzettel

Ungefähr zur selben Zeit schrieben Lina und ihr Bruder unten auf der Erde in einer Stadt, die ebenso gut hier wie dort liegen könnte, ihre Wunschzettel.

Lina war siebeneinhalb Jahre alt und im zweiten Schuljahr. Ihr Zimmer hing voller Tierposter, und es gab ein ganz bestimmtes Tier, das besonders häufig an den Wänden auftauchte. Lina konnte schon so gut schreiben, dass sie ihren Wunschzettel selbst verfasste.

Daniel war neuneinviertel und sein Zimmer hing voller Fotos berühmter Fußballstars, Mannschaften und Schals. Für ihn war es längst nichts Besonderes mehr, seinen Wunschzettel selber zu schreiben, und bei der Niederschrift machte er weniger Fehler als seine Schwester. Aber nicht so viele weniger, wie es mit einem Vorsprung von eindreiviertel Jahren möglich gewesen wäre.

Im Durchschnitt hatten die beiden einmal am Tag eine kleine Meinungsverschiedenheit, einmal pro Woche eine mittlere und einmal im Monat eine große. Aber das ist zwischen Geschwistern nichts Besonderes. Normalerweise passierte nichts weiter, außer dass Lina Daniel *Blödmann* nannte und er sie *dumme Schnitte*. In schweren Fällen legten sie ein bisschen drauf: *doofer Blödmann* oder *Oberhohlblödmann* und *Schimmelschnitte* oder *Schimmelschnitte mit Ekelwurst*. Im Großen und Ganzen mochten die beiden sich aber sehr und kamen ganz gut miteinander aus. Nun hatten sie sich im Wohnzimmer getroffen, um sich gegenseitig zu beraten. Linas Wunschzettel lautete folgendermaßen. Natürlich schrieb sie ein paar Worte falsch, aber die hat der Verlag, der dieses Buch gedruckt hat, verbessert:

Ich habe ein paar Wünsche aufgeschrieben, lieber Weihnachtsmann oder von mir aus liebes Christkind.
Aber das sind alles Ersatzwünsche.
Die kannst du sofort vergessen, wenn du mir ein Kaninchen schenkst.
Wenn ich ein Kaninchen bekomme, verzichte ich liebend gern auf alles andere!
Wäre das nicht auch viel einfacher für dich?
Du könntest dann sagen:
»Aha, Linas Wunschzettel.
Oho, schön kurz!
Ein Kaninchen und fertig.
Wie bescheiden von Lina und wie schön einfach für mich, den Weihnachtsmann.«
So hättest auch du einen Vorteil, lieber Weihnachtsmann!
Oder von mir aus liebes Christkind.
Bitte, bitte, oberbitte, tausendunendlichmal bitte:
Schenk mir ein Kaninchen!
Ich liebe Kaninchen so sehr!
Ohne Kaninchen ist das Leben nicht schön.

Deine Lina

PS:
Am liebsten hätte ich einen kleinen Widder. Das ist eine besonders süße Kaninchenrasse. Die Widder sind am niedlichsten und außerdem bin ich selber einer. Also natürlich kein Kaninchen, sondern ein Mensch mit dem Sternzeichen Widder. Wusstest du, dass die Widder besonders gute Eigenschaften haben, liebes Christkind oder von mir aus lieber Weihnachtsmann? Sie sind immer für andere da, besonders für ihre Kaninchen. Vielleicht hilft dir das ja ein bisschen bei deiner Entscheidung.

»Zeig mal her«, sagte Daniel.

Er begann den Brief zu lesen, schüttelte spöttisch den Kopf und stellte sich absichtlich dumm.

»Du spinnst! Was willst du mit einem Ziegenbock?!«

»Kannst du nicht lesen, du Blödmann?«, fragte Lina.

»Vergiss es, du dumme Schnitte. Du kriegst weder eine Ziege noch einen Widder noch ein Kaninchen!«

»Vielleicht doch«, sagte Lina.

»Nie!«

»Und wenn aber vielleicht doch?«

»Mama und Papa haben hundertmal gesagt: Wünscht euch, was ihr wollt, aber keine Haustiere.«

»Vielleicht überlegen sie sich's noch anders.«

»Nie!«

»Wer weiß.«

Daniel betrachtete seine Schwester skeptisch. Ihre unerschütterliche Hoffnung ärgerte ihn.

»Wenn du glaubst, du kriegst eins, bist du eine Schimmelschnitte«, sagte er.

Lina zuckte nur mit den Schultern.

Da fügte Daniel seinem eigenen Wunschzettel nach reiflicher Überlegung auch noch einen Absatz hinzu:

PS:
Lieber Weihnachtsmann (Papa), liebes Christkind (Mama),
du, vielmehr ihr wisst ja: ich weiß Bescheid. Den Weihnachtsmann gibt's gar nicht und Haustiere sind nicht drin. Alles andere, aber kein Haustier. Und jetzt wünscht Lina sich trotzdem ein Kaninchen!
Sie ist ja noch so klein. Ich glaube, sie ist nicht mal sicher, ob ihr das Christkind und der Weihnachtsmann seid oder ob's den oder die oder was nicht doch wirklich gibt.

HAHAHA!
Ihr wisst ja, ich bin mit dem Michael-Owen-Trikot, der Playstation und den anderen Sachen schon zufrieden. Vergesst bitte nicht, sie mir alle zu schenken.

An dieser Stelle machte Daniel eine Pause und unterstrich nach kurzer Überlegung das Wort *alle*. Ja, das sah gleich ganz anders aus. Entschlossener. Andererseits wirkte das Ganze nun vielleicht ein wenig zu forsch. Schließlich strich Daniel den Strich durch, aber nun war er noch stärker. Geschickt machte er eine Blumengirlande daraus und bastelte so lange daran herum, bis sie sich allerliebst durch mehrere Zeilen hindurchringelte. Dort, wo der durchgestrichene Strich gewesen war, ballten die Blumen sich zu einem dichten Strauß. Dann schrieb Daniel zufrieden weiter.

Übrigens: Ich glaube fast, ich hätte nichts dagegen, auf das eine oder andere Geschenk zu verzichten, wenn ich doch eine Rennmaus kriegen würde.
Und noch was:
Falls Lina gegen alle Voraussagen doch ein Kaninchen bekommt (ich weiß ja, sie kriegt keins), dann ist für

mich natürlich eigentlich die Rennmaus Pflicht. Wegen der Gerechtigkeit und so und weil Rennmäuse süß sind. Außerdem könnte man die Rennmaus in diesem Fall eigentlich nicht auf die anderen Geschenke anrechnen. Aber das ist natürlich alles total unwahrscheinlich und außerdem bin ich nicht kleinlich.

Euer Daniel

PPS:
Hey, mir fällt gerade noch was ein: Ich bin übrigens Schütze. Na, das wisst ihr ja. Aber ihr wisst auch, dass Lina Widder ist, und sie hat's trotzdem hingeschrieben, um ihre Chancen zu verbessern. Ich glaube, Schützen sollte man auch nicht vernachlässigen.

Die Geschwister steckten ihre Wunschzettel in schöne Umschläge. Lina malte ein Kaninchen drauf, das von lauter kleinen Herzen umgeben war, und Daniel sich selbst als Fußballer im roten Trikot mit dem Namenszug *Michael Daniel Owen*. Er war nicht sicher, ob es richtig gewesen wäre, eine Rennmaus zu zeichnen. Zum Glück ist ein genialer Fußballer immer eine gute Alternative.

»Was für eine Adresse schreibst du drauf?«,

erkundigte er sich harmlos. »Papa und Mama, oder?«

»Nein.« Lina schüttelte den Kopf und zückte ihren Füller. »An den Weihnachtsmann natürlich.«

»An den Weihnachtsmann!« Daniel verdrehte die Augen und sah sie mitleidig an. »So ein Quatsch!«

Lina zuckte die Schultern.

»Okay«, sagte Daniel gönnerhaft. »Mal angenommen, es gäbe ihn wirklich. Wie kommst du darauf, dass sein Name ausreicht? Ich sag dir was. Ich würde mich nicht wundern, wenn ein Brief mit so unvollständiger Anschrift am Ende sonstwo landet. Zum Beispiel in der Fußgängerzone. Bei dem Typen, der den Leuten als Nikolaus verkleidet Handys verkauft.«

»Hm.« Lina kaute an ihrem Stift und dachte scharf nach. Dann schrieb sie sorgfältig weiter: *Bescherungs-Hauptquartier, Wolkenallee, Himmel (Weltall).*

»Das kommt nie an«, sagte Daniel.

»Das denkst du, weil die Hausnummer fehlt, stimmt's?« Lina überlegte weiter. »Aber ich

glaube, es ist besser, keine zu schreiben als eine falsche. Allzu viele Hauptquartiere wird der Weihnachtsmann nicht haben.«

»Nein«, sagte Daniel. »Nicht wegen der Hausnummer. Die kriegen sie bei der Post schon raus, wenn der Rest stimmt. Aber was ist mit dem Porto?«

»Ach, ja!« Lina nahm ihre Buntstifte und malte eine wunderschöne Briefmarke in die rechte obere Umschlagecke. Sie zeigte einen geschmückten Tannenbaum und aus den untersten Zweigen lugten zwei lange Ohren hervor. Die erkannte man aber nur, wenn man ganz genau hinschaute.

»So«, sagte sie zufrieden. »Jetzt ist alles komplett.«

»Und wo steht der Wert?«, fragte Daniel.

»Nirgendwo.«

»Eine Briefmarke ohne Zahl mit dem Eurowert drauf gilt aber nicht.«

»Doch«, sagte Lina.

»Und wieso?«, fragte Daniel.

»Wieso, wieso!«, äffte Lina ihn nach. »Ganz einfach: weil meine Briefmarke Zauberkraft hat.«

»Schluss mit dem Quatsch!«

Daniel ergriff seinen Füller und schrieb *Mama und Papa* auf seinen Umschlag.

»Dein Pech, wenn ich hinterher einen kleinen Widder kriege und du nichts, weil dein Brief nicht bei der richtigen Adresse gelandet ist«, sagte Lina.

»Pöh«, machte ihr Bruder. »Jetzt hör endlich auf. Du weißt genauso gut wie ich, wo die Briefe in Wirklichkeit landen.«

»Das weiß ich überhaupt nicht«, sagte Lina. »Mama und Papa finden es jedenfalls schön, wenn wir uns Mühe geben. Vielleicht, weil sie das Ganze erfunden haben. Und mir macht das Spiel Spaß.«

»Stimmt gar nicht, dumme Schnitte. Wunschzettel und Weihnachten gibt's schon ewig.«

»Eben, Blödmann«, sagte Lina. »Deswegen kann keiner sicher wissen, was wirklich passiert. Außerdem meinte ich, dass sie das Spiel erfunden haben, dass alle so tun, als ob. Und außerdem ist ein Spiel, bei dem einer nicht richtig mitspielt, kein gutes Spiel.«

»Stimmt gar nicht, Schimmelschnitte. Das sieht man schon daran, dass es beim Fußball Ersatzspieler gibt.«

»Der Weihnachtsmann ist aber kein Ersatzspieler, Oberblödmann!«

Lina nahm ihren Umschlag und zog ab. Daniel blieb wortlos am Wohnzimmertisch sitzen. Der Gedanke, dass der Weihnachtsmann keiner sein konnte, der auf der Reservebank saß, leuchtete ihm irgendwie ein. Vielleicht huschte er deshalb kurz vor dem Schlafengehen in einem unbeobachteten Moment vor die Haustür. Dort hatte Lina ihren Brief in den offenen Behälter gelegt, wo normalerweise die Zeitung hineinkam. Der Weihnachtsmann schickte nämlich angeblich jedes Jahr eine Geheimbotschaft an die Eltern, in der er mitteilte, wo er die Wunschzettel abholen würde. Im vergangenen Jahr war dieser Ort ein Vogelhaus im Garten gewesen. Natürlich wusste Daniel im Prinzip immer noch genau, dass ihre Briefe von niemand anderem abgeholt wurden als von den Eltern selbst. Trotzdem war er ein wenig erleichtert, als er Linas Brief unberührt im Zeitungskasten liegen sah.

Er hatte seinen eigenen Wunschzettel auf dem Wohnzimmertisch gelassen, um ganz klar zu zeigen, dass er an den ganzen Weihnachts-Hokuspokus nicht glaubte. Nun holte er ihn, vervollständigte die Adresse und legte ihn neben Linas Schreiben. *Bescherungs-Hauptquartier, Wolkenallee, Himmel (Weltall).* Es war eine reine Sicherheitsmaßnahme.

4. Sir Whopper Woolworth hat Mitleid

Nicht sehr viel später lagen die Briefe von Lina und Daniel zusammen mit unzähligen anderen in der himmlischen Postlagerhalle, Abteilung *Wunschzettel*. Wie sie dort hingekommen waren? Es steckte nichts weiter dahinter als ein bisschen Weihnachtszauber. Nicht einmal so viel, wie die Weihnachtsorganisation braucht, um Rentiere zum Fliegen zu bewegen. Jeder durchschnittliche Bescherungspostbote beherrschte diese Art von Magie im Schlaf.

In der Abteilung *Wunschzettel* herrschte während der Weihnachtszeit logischerweise Hochbetrieb. Jeden Tag zogen große, erdwärtsgerichtete Schornsteine gewaltige Briefmengen an. Sie verschwanden durch die Öffnungen der Kamine, rutschten lange Schächte hinab, fielen auf große Laufbänder und landeten schließlich auf riesigen Tischen. Sämtliche himmlische Postboten sortierten sie fieberhaft nach Herkunft und Wunscharten, und doch hätten sie die Arbeit ohne die Unterstützung von Angestellten aus anderen Abteilungen nicht pünktlich bewältigen können. Der große Chef achtete natürlich darauf, dass die zusätzlichen Helfer aus Sachgebieten kamen, wo man für ein paar Wochen ohne katastrophale Folgen mit etwas weniger Personal auskam, zum Beispiel aus den Abteilungen *Kleine Fürbitten*, *Genesungswünsche – leichte Fälle* und *Alltägliche Wunder*.

Der vorübergehend zum Weihnachtsmann umfunktionierte Mitarbeiter, der schließlich Linas Wunschzettel auf den Schreibtisch bekam, hieß Sir Whopper Woolworth, aber er wurde von allen nur Wulle genannt. Die Abteilung, in der er sonst arbeitete, hieß *Bescheidener Luxus*, und wie der Name nahelegt, wurden dort normalerweise alle Wünsche erfüllt. Auch oder sogar besonders dann, wenn gerade kein Feiertag bevorstand. Ein Taschenbuch als Lektüre für eine Zugreise – kein Problem. Ein Paar Federballschläger für die Sommerferien – na klar. Wulle lieferte sogar einen Ball mit, auch wenn nicht ausdrücklich danach verlangt worden war. Ein besonders runder Stein, der am Strand gefunden werden sollte – Wulle lenkte die Schritte des Suchenden an die richtige Stelle.

Als der gute Geist nun Linas Zeilen in die Hände bekam, bedauerte er sehr, dass es nicht zu einem anderen Zeitpunkt geschah. Wulle war nämlich nicht nur gutmütig, sondern auch großzügig, und deshalb hätte er den Wunsch dieses Mädchens ohne weiteres als bescheidenen Luxus betrachtet. Wäre die Sache in seinen angestammten Aufgabenbereich gefallen, hätte Wulle in aller Ruhe geeignete Vorbereitungen getroffen, um den Wunsch Wirklichkeit werden zu lassen. Aber Sir Whopper Woolworth war nicht in seinem beschaulichen Büro, sondern befand sich als himmlischer Weihnachts-Leiharbeiter mitten in den hektischen Vorbereitungen für Heiligabend. Es tat ihm sehr leid, dass er Linas Wunsch nicht erfüllen konnte, denn er erkannte natürlich sofort, wie sehr sie sich das Kaninchen wünschte. Aber er konnte zunächst einmal nichts für sie tun. Die Bearbeitung und Erfüllung der Kinder-Wunschzettel ist nämlich seit jeher auf geheimnisvolle Art an das Einverständnis der Eltern oder anderer, ebenso wichtiger Leute geknüpft. Das Geheimnis ist so groß, dass nicht einmal die Menschen darüber Bescheid wissen, die Weihnachten als Schenkende auftreten. Sie glauben fest daran, sie hätten selbst für die Geschenke gesorgt. Das stimmt auch in gewisser Hinsicht. Aber nur, weil sie grundsätzlich mit ihren angeblichen Geschenken einverstanden sein müssen. Daran können weder Wulle noch das Computerzeitalter noch irgendjemand anders etwas ändern. Höchstens der große Chef, aber der hat anderes zu tun. Den Rest aber, das heißt die tatsächliche, weltweite Bescherung, erledigt seit jeher die Weihnachtsorganisation.

Whopper Woolworth blickte nachdenklich auf Linas Wunschzettel. Er war niemand, der sich strikt und stur an sämtliche Vorschriften hielt. Wulle fand, dass es im Himmel wie auf Erden viel zu viele Anordnungen gab – und zu viele Wesen, die immer zu allem nickten, was sich wie ein Befehl anhörte. Der Aushilfs-Weihnachtsmann hätte Lina also zu gern ihren

Wunsch erfüllt, Vorschrift hin oder her, denn ihre sehnsüchtigen Zeilen hatten sofort zu seinem weichen Herzen gesprochen.

Doch die Bilder auf dem Monitor auf seinem Schreibtisch sprachen dagegen. Bei jedem neuen Wunschzettel zeigte der Bildschirm nämlich sofort diejenigen Menschen, die unten auf der Erde glaubten dafür zuständig zu sein. Meistens handelte es sich dabei um die Eltern der Kinder, aber manchmal waren es auch Onkel und Tanten, Großeltern oder Freunde. Ein Blick auf diese Leute, und schon war klar, auf welchen der drei Stapel die Wunschzettel verteilt werden mussten:

a) komplette Erfüllung
b) teilweise Erfüllung
c) keine Erfüllung.

Als Linas Eltern auf dem Bildschirm erschienen, wusste Wulle sofort, dass Lina keine Chance hatte.

»Es bleibt dabei«, sagte die Mutter gerade zum Vater. »So leid es mir tut. Ich will kein Tier im Haus. Ich habe schon so Arbeit genug.«

Ihr Mann nickte entschlossen. »Du hast vollkommen Recht, Schatz! Schließlich bekommen die beiden ansonsten fast immer, was sie wollen.«

Schwer seufzend legte Wulle Linas Brief erst einmal beiseite und fuhr fort die Post vorzusortieren. Wie immer ging er großzügig vor. Stapel c) hätte er am liebsten gar nicht eingerichtet. Aber da hätte er Ärger mit dem Abteilungsleiter bekommen. Der wusste natürlich genau, dass es aus den verschiedensten Gründen immer Kinder gab, deren Weihnachtswünsche nicht erfüllt werden konnten. Leider, dachte der gute Geist Wulle und warf zwischendurch immer mal wieder einen Blick auf Linas Wunschzettel. Da er es aber nicht übers Herz brachte, ihn auf den dritten Stapel zu packen, legte er das Schreiben erst einmal in eine Ablage mit der Aufschrift *Unerledigte Fälle*.

5. HIER KLICKEN

Währenddessen startete Meister Matthäus seine Kampagne zur Verstärkung der Zugtiere. Mit Hilfe einiger himmlischer Computer-Spezialisten hatte er eine überirdisch gute Stellenanzeigen-Software entwickelt. Auf der Erde würde sie automatisch immer in der richtigen Sprache erscheinen. Und das Beste daran war: Sie würde nicht über Monitore flimmern, sondern dort auftauchen, wo die Zugtier-Kandidaten lebten – im Gras, im Stroh, im Sand und auf Gestein. Wenn die Anwerbung Erfolg hatte, folgte ein klug ausgetüftelter und natürlich auch zauberhafter Trick: Niemand in der Umgebung bemerkte, dass das neue Zugtier von einem Moment auf den anderen von der Erde verschwunden war. Genial.

Meister Matthäus fuhr sehr zufrieden mit dem Mauspfeil über den Bildschirm und klickte in das Startsymbol.

Auf der ganzen Welt erschien nun an vielen verschiedenen, gut ausgewählten Orten dieser Schriftzug:

Hallo!

Sie sind ein Last-, Zug- oder Huftier?
Sie verfügen über außergewöhnliche Körperkräfte?
Sie wollen sich beruflich verändern?
Warum verstärken Sie nicht unser tolles Team?
Wir bieten bestes Futter (Dinkel-Hirse-Nachtisch inklusive), göttliche Kollegen, himmlisches Betriebsklima und überirdische Sozialleistungen: 363 Tage Urlaub!
Haben wir Sie überzeugt?
Dann berühren Sie bitte das umrandete Feld mit der Aufschrift

HIER KLICKEN,

das neben dieser Information erscheint.

Mit vorweihnachtlichen Grüßen

Meister Matthäus
Leiter der Abteilung Auslieferung in der Weihnachtsorganisation

In Ägypten entdeckte das Dromedar Samina die arabische Inschrift im Sand, als es gerade ein dickes Touristenehepaar zu den Pyramiden schaukelte. Das Wüstenschiff war mit seiner Lage unzufrieden, denn die Urlauber waren oft dick und schwer und zu fressen gab es nur dürre Halme. Ohne lange zu überlegen, tappte Samina mit einem seiner breiten Fellschuhe in den Kreis mit der Aufforderung HIER KLICKEN.

Schon plumpsten die beiden Touristen mit einem dumpfen PLÖPP in den Sand und drückten ihre Hintern genau in die Stelle, wo sich soeben noch die Schrift abgezeichnet hatte.

»Auf, Missis! Ist nicht mehr weit, Mister!«, rief Khayat, der Reiseführer, und schwang munter seinen Stecken. Das Ehepaar schwitzte sehr

und fragte sich verdutzt, wie es bloß auf die Idee gekommen war, eine Reise zu buchen, bei der man zu Fuß einen Wüstentrip zu den Pyramiden bewältigen musste und von einem unverschämten Eingeborenen gescheucht wurde wie ein Dromedar.

Ein paar tausend Kilometer von Samina entfernt stand das Zebra Mpenza auf einer mächtigen Kreuzung im Zentrum von River Kanu, einer chaotischen Stadt irgendwo im Süden Afrikas. Ringsum hupten sich unzählige Autos die Blinker aus dem Blech. Mopeds knatterten vorbei, abenteuerlich verrostete LKWs bliesen dem Zebra stinkende Rußwolken ins Gesicht und zwischen allen anderen Fahrzeugen schwankten turmhoch beladene Handkarren durch den Verkehr.

Menschen, die über die Straße wollten, stauten sich vor Mpenza zu einer Traube aus ungeduldigen, schwarzen Gesichtern.

»Mach schon, Zebra!«, rief eine Frau, die einen Eimer auf dem Kopf balancierte, und tatschte ihm auf den Hintern.

»Worauf wartest du, lahmer Gaul?!«

Ein Rotzblag zog an seiner Mähne.

Ein paar ganz ungeduldige Menschen stürzten sich waghalsig ins Getümmel und gingen bald irgendwo in der Lawine aus Rädern, Blech und Lärm verloren.

»Jetzt aber endlich, gestreifter Maulesel!«, schrie ein Mann und boxte das Zebra.

Mpenza schlug aus und sprang mit einem Riesensatz mitten auf die Kreuzung. Quietschend, hupend und schimpfend kam die Blechlawine zum Stehen und die Menschen nutzten die Gelegenheit, eilig die Straße zu überqueren.

Schon aber schrie eine wütende Stimme aus einem riesigen Bus: »Weg da, Zebra!«, und ein mächtiger Dieselmotor röhrte auf. Mpenza rettete sich mit einem Satz auf den Bürgersteig und mit ihm diejenigen Fußgänger, die schnell genug waren.

Hinter der misslichen Lage des Zebras steckte eine Sparmaßnahme der Stadtverwaltung von River Kanu. Die Kassen waren leer wie eine ausgefegte Besenkammer und es gab nicht mal Geld für schwarz-weiße Bodenfarbe. Dabei wurden auf den Straßen dringend neue Zebrastreifen gebraucht, damit die Leute nicht tagelang auf einer Seite warten mussten!

Der Bürgermeister grübelte eine Weile. Dann rief er: »Ich habe die Lösung! Wozu laufen draußen in der Savanne Zebras herum, obwohl dort kaum ein Auto fährt?«

Die Stadträte klatschten Beifall.

Seitdem verbrachte Mpenza seine Zeit auf der größten Kreuzung von River Kanu in ständiger Lebensgefahr und musste sich obendrein auch noch beschimpfen lassen.

Wirklich, von seinem neuen Job als lebender Zebrastreifen hatte er die Nüstern gestrichen voll.

Zum Glück erschien bei seinem nächsten Sprung ins Fahrzeuggewühl auf der Frontscheibe eines Polizeiwagens die Botschaft von Meister Matthäus. Der Ordnungshüter arbeitete als Zebrastreifen-Aufseher. Er hatte keine andere Aufgabe, als Mpenza und seine bedauernswerten Kollegen bei der Arbeit zu überwachen.

Der lebende Zebrastreifen galoppierte auf den Polizeiwagen zu und erklomm mit den Vorderhufen die Motorhaube.

»Sofort runter da, Mistviech!«, rief der Polizist.

Das Zebra holte mit einem Huf aus.

»War nicht so gemeint!«, jammerte der Ordnungshüter und flüchtete hastig. Aber Mpenza beachtete ihn gar nicht. Ganz sanft berührte es das Feld HIER KLICKEN und verschwand augenblicklich.

Sogleich wogte und brandete der Verkehr wieder über die Straße wie ein wild gewordener Fluss. Mittendrin stand ein Polizist, der nicht zu beneiden war. Er trug eine schwarz-weiß gestreifte Uniform und musste einen Zebrastreifen ersetzen. Er fragte sich fassungslos, wie er bloß auf die Idee gekommen war, sich für diesen Job zu melden. Im nächsten Moment hopste er auf die Motorhaube seines Streifenwagens, um sich vor einem mit gackernden Hühnern beladenen Lastenfahrrad zu retten.

Viel, viel weiter im Norden der Erde stand die braun-weiß gefleckte Milchkuh Hertha in einem Stall irgendwo in der Holsteinischen Schweiz und schaute traurig auf ein Blatt Papier, das ihr der Bauer vor die hübsche, rosafarbene Schnauze hielt.

Hertha sah Zahlen, lange Reihen von Zahlen. Sie gaben bis auf den kleinsten Tropfen Auskunft über die Milchmenge, die Hertha lieferte.

Der Bauer war mit ihr gar nicht zufrieden.

»Es ist immer weniger geworden!«, schimpfte er. »Woche für Woche! Was sagst du dazu?«

»Halt den Rand und sei froh, dass ich überhaupt Milch gebe«, muhte Hertha wütend.

Der Bauer verstand ihre Antwort zwar nicht, aber dass Hertha nicht noch zulegen würde, war ihm klar. Er knurrte: »Das hat keinen Zweck mehr«, und malte mit einem Stück Kreide auf die Schiefertafel über Herthas Box:

Schl. mögl. noch vor Weihn.

Hertha verstand nicht, was die Abkürzungen bedeuteten, aber dass es nichts Gutes sein konnte, war ihr klar. Niedergeschlagen starrte sie auf das eiserne Gatter, das ihre Box verschloss und sie an der Flucht hinderte. Da entdeckte sie, dass auf den Streben etwas geschrieben stand, das zuvor nicht da gewesen war.

Wenig später stupste sie mit der feuchten Schnauze auf das Feld HIER KLICKEN und verabschiedete sich. Die Markierung war genau auf dem Riegel platziert, der das Gatter verschloss. Als Hertha daraufdrückte, schob sie ihn nach unten, und während sie spurlos verschwand, schwang die Absperrung knarrend zur Seite.

»Schaut euch das an! Hertha hat ihre Box geöffnet!«, muhte die Kuh in der rechten Nachbarbox.

»Und ich hab gesehen, wie sie's gemacht hat!«, blökte die Kuh zur Linken aufgeregt.

»Wie denn? Das möchte ich auch können!«, brüllte eine Stimme aus einer anderen Ecke des Stalles.

»Ich auch! Ich auch! Ich auch!«, muhte es überall.

Ehe der Bauer begriffen hatte, was geschah, war er von seinen Kühen umzingelt. Was war geschehen? Hatte er vergessen sämtliche Gatter zu schließen? Das war ihm noch nie passiert! Und wieso schauten einige seiner Kühe nicht so harmlos und dumm wie hinter ihren Gattern? Der Bauer brauchte eine Weile, bis er begriff, dass die grimmigen Blicke von denjenigen Tieren kamen, deren Schiefertafeln er mit der Abkürzung *Schl.* versehen hatte.

Die Schwierigkeiten, in denen der Bauer nun steckte, waren aber gering im Vergleich zu denen, die der prächtige Stier Luis ungefähr zur selben Zeit in Andalusien hatte.

Er hetzte durch eine Arena und versuchte einen Torero aufzuspießen. Der mickrige Wicht wand sich jedoch wie ein Lurch und reizte den pechschwarzen Stier mit einem knallroten Tuch bis aufs Blut.

Luis' Kräfte ließen allmählich nach. Ja, wenn er es nur mit dem aufgeblasenen Zwerg zu tun gehabt hätte! Er hätte ihn schon längst mit seinen langen, messerscharfen Hörnern zu Torero-Gulasch verarbeitet.

Vor dem Kleinen war aber schon eine Horde Reiter mit langen Lanzen durch die Arena getobt und hatte Luis schwer zugesetzt.

Die Zuschauer johlten und lärmten und erwarteten mit mordlustig glänzenden Augen den Moment, wo der Torero seine hoch in der Sonne blitzende Klinge niederfahren ließ.

Luis war wirklich nicht zu beneiden, und als er auf der Holzverkleidung der Tribüne Meister Matthäus' Botschaft bemerkte, zögerte er keine Sekunde. Er nahm einen gewaltigen Anlauf, preschte mit Volldampf darauf zu und zielte mit den gesenkten Hörnern genau auf den Kreis mit der Aufschrift HIER KLICKEN.

Das Holz splitterte krachend, das Publikum schrie auf, und dann stand der Torero mit stolz erhobenem Degen allein im Rund. Er blickte sich verstohlen um und überlegte, was zu tun sei. Wieso war er ohne Stier in die Arena gekommen? Wieso schwang er die Klinge, als gelte es, ein gefährliches Abenteuer zu bestehen? Was

war in ihn gefahren? Er machte sich zum Gespött!

Weil ihm nichts anderes einfiel, begann er zu tänzeln.

Eins, zwei, Wiegeschritt.

Drei, vier, Pirouett'.

Aber das Publikum wollte keinen weichlichen Tänzer, es wollte einen Torero, der gegen einen gefährlichen Stier kämpft.

Fünf, sechs, linksherum.

Sieben, acht, dideldum.

Die wütenden Zuschauer begannen unverzüglich den lächerlichen Gecken mit Eiern, Tomaten und Dung zu bewerfen.

Meister Matthäus' Bewerbungskampagne klappte im Großen und Ganzen tadellos. Aber nichts ist vollkommen perfekt, nicht einmal überirdische Computertechnik. Auch die HIER-KLICKEN-Aktion hatte einen kleinen Fehler. Die himmlische Technik erkannte nämlich nicht in jedem Fall zweifelsfrei, ob ein bestimmtes Tier für die gewünschte Aufgabe geeignet war. Anders ist nicht zu erklären, dass die Anzeige auch vor Widurs dünnen Pfoten auftauchte.

Widur war ein außergewöhnlich kleines Kaninchen. Er war so winzig, dass jeder, der ihn sah, Widur zunächst für eine zu groß geratene Maus mit ziemlich langen Ohren hielt. Nun hat schon ein normal gewachsenes Kaninchen genug Scherereien. Ständig muss es sich vor Füchsen, Katzen, Bauern und Gärtnern in Acht nehmen. Für Widur aber war sogar der Zwergdackel ein übermächtiger Gegner, der ihn etwa zur selben Zeit aufstöberte, als unten in Andalusien die erste Tomate auf dem schicken Anzug des Toreros zerplatzte.

Das winzige Kaninchen verschwendete jedoch keinen Gedanken an Flucht. Es war im Zeichen des Widders geboren und glaubte unzähligen Niederlagen zum Trotz unbeirrt an die eigene Stärke.

Der Dackel betrachtete Widur einen Moment lang erfreut. Dann bellte er angeberisch: »Sieh an, wen haben wir denn da? Mein Mittagessen!«

Es kam nämlich nicht oft vor, dass er einem Tier begegnete, das er besiegen konnte. Nun wedelte er aufgeregt mit dem Schwanz und wartete darauf, dass sein Gegner flüchtete und er hinterherrennen konnte, wie es sich gehört.

Doch Widur rannte nicht davon. Vielmehr richtete er sich drohend auf und rief: »Verzieh dich, sonst gibt's Ärger!«

»Wie bitte?«, japste der Dackel.

»Hau ab oder ich verpass dir eine!«, rief Widur und bewegte die Vorderpfoten vor seinen Hasenzähnchen hin und her wie ein Boxer. Das sah so komisch aus, dass der Dackel vor Lachen hechelte wie ein Windhund.

»Winsel, so viel du willst!«, schnuffelte Widur

und sah seinem Gegner fest in die Augen. »Das nützt dir gar nichts! Ich mach dich fertig!«

Der Dackel sprang blitzartig vor und schnappte zu. Das Kaninchen duckte sich zur Seite weg. Puh, das war knapp.

»Mach das bloß nicht noch einmal«, rief Widur. »Sonst kannst du was erleben!«

»Na, warte!«, knurrte der Dackel zähnefletschend und stürzte sich auf ihn. Widur hoppelte davon, übersah eine tiefe Mulde, in der ein paar Kinder am Tag zuvor vergeblich nach einem Schatz gegraben hatten, und plumpste hinein.

»Jetzt bist du dran!«, frohlockte der Dackel.

Widur sah sich ein wenig beklommen um und entdeckte eine Botschaft auf der würzig riechenden Erde.

Hallo! Sie sind ein Last-, Zug- oder Huftier?

»Na, klar!«, rief Widur. »Genau das bin ich!«

Sie verfügen über außergewöhnliche Körperkräfte?

»Unbedingt!«

Sie wollen sich beruflich verändern?

»Warum nicht?!«

»Wie bitte?«, fragte der Dackel verblüfft.

Dann berühren Sie bitte das umrandete Feld mit der Aufschrift HIER KLICKEN.

»Geht in Ordnung.« Widur nickte und hopste drauflos. Nur einen Augenblick später landete der Hund an derselben Stelle, doch das kleine Kaninchen samt Meister Matthäus' Nachricht war schon verschwunden. Bestürzt schaute der Dackel sich um. Wie kam er dazu, sich freiwillig in ein derart tiefes Loch zu stürzen? Hatte er völlig vergessen, dass er ein Zwergdackel war? Wie sollte er hier jemals wieder herauskommen? Der Dackel spitzte die Schnauze, begann erbärmlich zu heulen und hatte vorweihnachtliches Glück. Denn die Schatzgräber kehrten nach einer Weile zurück und kamen so unverhofft doch noch zu einem ungewöhnlichen Schatz.

6. Himmlisches Training

Der Fuhrhof der Abteilung *Auslieferung* glich einem Zoo.

Eine stattliche Herde beruflich veränderungswilliger Tiere hatte sich eingefunden. Sie muhten, wieherten, schnaubten und rochen würzig. Bald waren sämtliche Fenster der benachbarten Büros geschlossen.

Meister Matthäus stand neben Siegfried Roy, genannt Siggi, dem Trainer der Schlittentiere, und Herrn Kaurismäki, dem Rentiergewerkschafter, auf einem Podest und warf einen zufriedenen Blick auf die neuen Mitarbeiter. Die Kampagne hatte voll eingeschlagen! Hinter den dreien hatten sich die Kutscher und Kutscherinnen eingefunden und betrachteten die Neulinge mit fachkundigen Blicken. Die Lenker der himmlischen Schlittengespanne waren neben den Zugtieren die einzigen Mitarbeiter der

Weihnachtsorganisation, die ein Mensch am Heiligabend tatsächlich zu Gesicht bekommen konnte. Aber auch nur dann, wenn er viel Glück hatte und genau in dem Moment zum Himmel sah, in dem ein Kutscher beim zielgenauen Abwurf der Geschenke die Schlittengeschwindigkeit drosselte. Die Kutscher galten als die Raubeine der himmlischen Weiten und tatsächlich waren viele von ihnen wilde Gesellen mit einer bewegten und nicht immer lammfrommen Vergangenheit. Der wildeste von ihnen hieß Shane MacGowan. Er war ein untersetzter Mann mit zerfurchtem Gesicht und einer Stimme, die so kraftvoll war wie ein großer Schiffsmotor. Gerüchte über ihn besagten, er habe früher einmal auf der Erde in einer Musikgruppe von zweifelhaftem Ruf verruchte Lieder gesungen. Niemand habe seiner unwiderstehlich rauen Stimme zuhören können, ohne anschließend wenigstens ein klein wenig über die Stränge zu schlagen. Ob das stimmt, wird niemand je erfahren. Jedenfalls behielt Shane MacGowan sogar in den himmlischen Weiten das Whiskeytrinken, das Pokern um Geld, das Singen lästerlicher Lieder und noch einige weitere, ziemlich irdische Sitten bei. Doch natürlich war er, ebenso wie alle seine Kollegen, im Grunde seiner Seele ein herzensguter Kerl. Schließlich war das die Voraussetzung für jeden Mitarbeiter da oben.

Nun betrachtete Shane MacGowan die zukünftigen Schlittentiere und wandte sich an seine Kollegen.

»Wenn ein richtig gutes Gespann dabei herauskommt, nehme *ich* es.« Knirschend scheuerte er mit seiner rechten Pranke über seine Bartstoppeln. »Oder hat jemand was dagegen?«

Niemand meldete sich. Nicht, dass sich irgendein Kutscher davor gefürchtet hätte, Shane zu widersprechen. Nein, nein. Aber erstens war Shane MacGowan unbestritten der beste Weihnachtsschlittenlenker im ganzen Universum, und zweitens wollte niemand riskieren, dass er kurz vor Heiligabend aus Enttäuschung zum Whiskey griff.

Die unterschiedlichsten Tiere waren dem Aufruf von Meister Matthäus gefolgt: Galloway-Hochlandrinder aus Schottland, zottelig wie Plüschtiere, amerikanische Bisons mit mächtigen Köpfen, kräftige Wasserbüffel aus Pakistan, diverse Antilopenarten aus aller Herren Länder und alle möglichen Pferde vom Shetlandpony bis zum riesigen Brauereigaul. Auch Esel, Maultiere und Elche waren vertreten. Irgendwo tauchten das imposante Horn eines Rhinozerosses, zwei Kamelhöcker, ein paar Elefantenrüssel und der

dunkelfeucht glänzende Hintern eines Nilpferdes auf. Erstaunlich, wer sich da so angesprochen fühlte, dachte Meister Matthäus. Absolut erstaunlich.

Siggi stieß ihn an und warf ihm einen Blick zu, der *Wen hast denn du da alles angeschleppt?* bedeutete.

»Nun ja«, sagte Meister Matthäus. »Nilpferde und Elefanten können uns vielleicht nützlich sein, oder?«

»Und was ist mit denen dahinten?«

Meister Matthäus schaute und machte: »Ähem.« Sah er richtig? Hüpften da Kängurus zwischen den anderen Bewerbern herum? Und da vorne, war das ein Hängebauchschwein? Der markante Kopf dahinter mit dem Fusselbart gehörte jedenfalls eindeutig einer Ziege. Dann hoppelte ein außergewöhnlich kleines Kaninchen den beiden Männern und dem Rentier vor die Füße.

Während Herr Kaurismäki ein donnerndes »Willkommen, Kollegen!« über den Platz wieherte, wandte Siggi sich an Meister Matthäus: »Meinst du, alle Bewerber sind optimal für ihren neuen Job geeignet?«

»Hm«, brummte der Abteilungsleiter und rieb sich über den falschen Bart, den er extra zur Begrüßung der Neuankömmlinge angelegt hatte.

»Gemeinsam werden wir es schon schaffen«, rief Herr Kaurismäki. »Hauptsache, die Arbeitsbedingungen stimmen, die Mitarbeiter sind gut organisiert und alle ziehen an einem Strang, oder besser: Schlitten.«

Die Neuankömmlinge klatschten mit sämtlichen Hufen und Klauen Beifall und das Rentier kletterte umständlich von der Bühne und begann Aufnahmeanträge für die Gewerkschaft zu verteilen.

Das kleine Kaninchen richtete sich unterdessen vor dem Podest auf. »Ich bin Widur«, schnuffelte es.

»Wie kommst du hierher?«, fragte Meister Matthäus.

Das Kaninchen hob eine Pfote und rief: »Klick! Schon war ich hier.«

»Aber … wo hast du denn von uns erfahren?«

»Na, in der Arena, in der ich soeben noch ein riesiges Trumm von Hundeviech erledigen wollte. Ich lass mir durch euer Angebot wahrscheinlich eine Bilderbuch-Karriere als Boxer entgehen. Aber es gibt schließlich noch was anderes im Leben, als sich gegenseitig auf die Nase zu hauen. Ich hab mir die Sache angeschaut und gleich gewusst: Bingo! Das kann keiner besser als ich.«

»Wieso?«, fragte Siggi.

»Ich bin ein Widder«, erklärte das Kaninchen stolz.

Siggi schüttelte den Kopf. »Du bist ein Kaninchen. Ein sehr kleines Kaninchen. Außergewöhnlich winzig.«

»Ich bin ein Widder«, wiederholte Widur unbeirrt und machte sich so lang, dass er Siggi fast bis zum Knie reichte. »Widder haben eine Menge außergewöhnlicher Fähigkeiten und können ordentlich was wegschaffen, das dürfte bekannt sein. Von mir aus kann's sofort losgehen.«

Siggi begann in der Tat unverzüglich mit dem Training in der Kulissenstadt.

Sie befand sich auf einem Gelände, das aus Sicherheitsgründen ein gutes Stück vom Bürokomplex entfernt war, und sah aus wie ein riesiges Filmstudio.

Die Weihnachtsorganisation hatte hier alle Arten von Häusern nachgebaut, die Menschen zu errichten pflegen.

Der Anfang war schwierig. Die Elefanten-Rhinozeros-Schlittenkombination durchbrach beim ersten Anflug die Vorderfront des Hauses, das mit Geschenken beliefert werden sollte, pflügte durch das erste Stockwerk, krachte auch

durch die Hinterfront und donnerte mit einem dumpfen Aufschlag, der das Trainingsgelände erzittern ließ, in die weiche Gartenerde.

Ein Antilopengespann verlor in der Luft die Orientierung und machte einen Looping. Anschließend flog es verkehrt herum weiter. Der Weihnachtsmann an den Zügeln zischte wie eine rote Rakete aus seinem Sitz Richtung Erde und sämtliche Geschenke prasselten zu Boden wie riesige Hagelkörner.

Siggi, der alles seelenruhig von unten aus beobachtete, ging routiniert in Deckung. Als der Kutscher etwas blass um die Nase an seinem Fallschirm auf die Erde plumpste, klopfte Siggi ihm auf die Schulter.

»Alles im grünen Bereich?«

»Klar, Trainer«, erwiderte der Kutscher und die Blässe um seine Nase neigte tatsächlich ins Grüne.

Siggi schaute wieder hoch und lenkte den ferngesteuerten Sandberg für Notlandungen aller Art elegant an die richtige Stelle. Gleich darauf steckten die Antilopen kopfüber darin. Siggi lief zu ihnen hin und tätschelte ihnen das Fell.

»War schon gar nicht schlecht, Leute!«

»Wirklich, Trainer?«

»Aber ja! Nur der Neigungswinkel war etwas zu groß. Aber wir kriegen das hin!«

Siggi behielt Recht, obwohl die Schwierigkeiten nicht nur das Fliegen betrafen.

Der Kampfstier Luis etwa drehte anfangs jedes Mal durch, wenn er einen rot gekleideten Weihnachtsmann sah.

Der indische Elefant wollte nur bleiben, wenn er in seinem Quartier einen Altar für den Elefantengott Ganesha aufstellen durfte. Er war nämlich Hindu.

Das Dromedar Samina wiederum war Muslimin und bestand darauf, sich zu bestimmten Zeiten nach Mekka zu verneigen. Das verursachte bei ihren Schlittenflügen so lange Schwierigkeiten, bis Siggi sie davon überzeugt hatte, dass dieser Ort in den himmlischen Weiten in keiner bestimmten Richtung mehr zu finden war.

In der Weihnachtsorganisation herrschte bei einigen Dienststellen Unklarheit darüber, ob Vertreter anderer Glaubensrichtungen als der christlichen an der Auslieferung teilnehmen durften.

Meister Matthäus hatte aber nichts dagegen und Siggis Standpunkt lautete: »Hier kann jeder glauben, was er will. Hauptsache, er zieht seinen Schlitten.«

Das erledigten fast alle Tiere nach einigen Tagen Trainingszeit ganz ordentlich. Das beste Gespann aber bildeten die Milchkuh Hertha, der Kampfstier Luis, das Dromedar Samina und das Zebra Mpenza. Bald ließ Siggi stets sie die schwersten Manöver vorführen und der Trainer staunte selbst über die Vollkommenheit ihrer Flugkunststücke.

Die vier waren echte Naturtalente und natürlich wurde Shane MacGowan ihr Schlittenlenker.

Fast alle Zugtiere machten Riesenfortschritte, nur mit den Kängurus und dem Kaninchen klappte es einfach nicht.

Der Känguru-Schlitten schlingerte, hopste und bockte dermaßen, dass er am Himmel stets aussah wie ein auf und nieder springender Flummi. Die Kutscher verließen ihn jedes Mal blass im Gesicht und meldeten sich krank.

Es gelang Siggi schließlich, die Beuteltiere zur australischen Boden-Auslieferung zu versetzen, und die Kängurus leisteten dort fortan viele Jahre hervorragende Arbeit.

Tja, und Widur, das außergewöhnlich kleine Kaninchen? Herrje. Es konnte in kein Gespann integriert werden. Es war einfach zu schwach. Aber es ließ sich nicht beirren.

»Wenn die anderen meinen, sie kommen besser ohne mich klar: in Ordnung«, erklärte es Siggi. »Dann zieh ich mein Ding eben allein durch.«

Um Widur ein Erfolgserlebnis zu verschaffen,

besorgte Siggi einen Kinderschlitten und stellte ein einziges, leeres Päckchen darauf, damit er nicht völlig unbeladen aussah. Aber Widur bekam selbst den nicht von der Stelle.

»Die Kufen blockieren«, schnaufte er wütend. »Materialfehler!«

»Die Kufen sind schon in Ordnung«, sagte Siggi vorsichtig zum ungezählten Mal. »Vielleicht fehlen dir doch ein paar Muckis. Wie wäre es, wenn du erst mal noch für ein paar Jahre Möhren knabberst?«

»Schaff mir einen anderen Wagen heran«, befahl Widur. »Und zwar in einwandfreiem Zustand, wenn ich bitten darf.«

»Du bist ein sturer kleiner Bock«, brummte Siggi. Schließlich trieb er einen winzigen Puppenschlitten auf. Bei sämtlichen Flugversuchen stürzte Widur auch damit ab, doch unten am Boden gelang es ihm, das Gefährt Stück für Stück von der Stelle zu zerren.

»He, Siggi!«, keuchte er. »Siggi, schau her! Superwidder im Einsatz!«

Siggi seufzte.

»In ein paar Monaten brauchen wir jede

Menge Osterhasen«, sagte er. »Wär das nichts für dich? Ich denke, ein Wachtelei könntest du schon tragen.«

»Ich bin kein Osterhase«, erklärte Widur. »Ich bin ein Widder. Und dabei bleibt's.«

Der Auslieferungstermin rückte näher und näher, und es war keine Zeit mehr übrig, sich weiter um einen hoffnungslosen Fall zu kümmern. Siggi grübelte eine Weile. Wie konnte er dieses Kaninchen bloß loswerden, ohne es zu sehr zu verprellen? Dann ging ihm ein Licht auf und gleich darauf noch eins. Abteilung *Wunsch-*

zettel! Sir Whopper Woolworth! Siggi kannte ihn gut, weil er Whoppers Dienste in dessen Stammabteilung *Bescheidener Luxus* das ganze Jahr über gern in Anspruch nahm. Für seine Freunde legte Whopper die Definition für Bescheidenheit nämlich stets großzügig aus.

Wie gut, dass der alte Wulle in der Weihnachtszeit bei den Wunschzetteln aushalf. Denn jedes Jahr, das wusste Siggi als Tierexperte genau, wünschten sich zahllose Kinder ein Kaninchen, und es waren immer welche dabei, die keins bekamen.

Wulle war genau der Richtige, um einen abgelehnten Wunsch doch noch zu erfüllen. Auch wenn das gegen die Vorschriften war.

Der Trainer klemmte Widur unter den Arm und machte sich auf den Weg zur Abteilung *Wunschzettel.*

»Was soll das?«, schimpfte Widur. »Wo willst du hin? Wieso verlassen wir das Trainingsgelände?«

»Ich kenne jemanden, der einen dermaßen starken Widder noch besser brauchen kann als ich«, sagte Siggi. Das Kaninchen schaute leutselig zu ihm hoch und erwiderte: »Das wundert mich nicht.«

Der Trainer stapfte direkt in Whoppers Büro. »Hallo, Wulle«, sagte er und hielt Widur in die Luft. »Ich habe hier den stärksten Widder der Welt.« Er zwinkerte Woolworth heftig zu. »Schätze, du kannst ihn sehr gut brauchen, stimmt's?«

Whoppers Augen leuchteten auf.

»O ja«, sagte er und das war nicht gelogen.

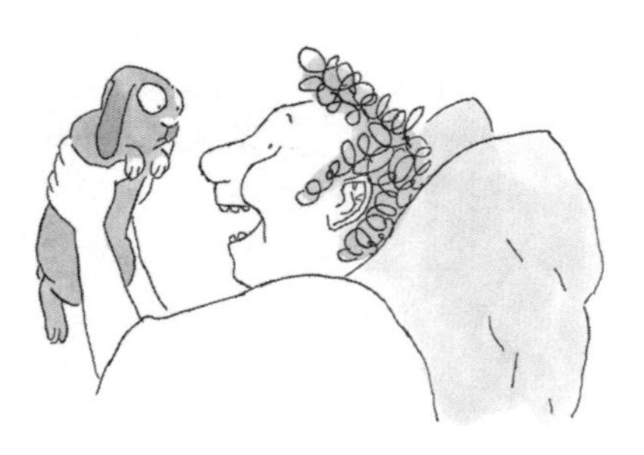

7. Weihnachtsalarm

Dann war der vierundzwanzigste Dezember da und in aller Herrgottsfrühe begannen sämtliche Glocken der Weihnachtsorganisation gleichzeitig zu bimmeln. Weihnachtsalarm!

In ihren Quartieren im ersten Stock des Schlitten-Hangars sprangen sämtliche Kutscher gleichzeitig aus den Betten. Sie schlüpften im Laufschritt in ihre roten Anzüge und sprangen schwungvoll in die Stiefel. Mit vielfach geübten Griffen fischten sie die Bärte und Zipfelmützen von den Garderoben, stülpten sie über und rutschten an blank polierten Stangen ein Stockwerk tiefer – genau auf die Kutschböcke. Die Schlitten waren längst beladen, die Tiere angeschirrt. Unzählige Hufe und Klauen begannen zu trappeln und die Kufen quietschten über den Untergrund. Die Gespanne gewannen blitzschnell an Tempo.

Start frei!

WUSCH! WUSCH! WUSCH!

Ein Schlitten nach dem anderen hob ab und stob durch die Luft davon.

Nur das Gespann von Hertha, Luis, Samina und Mpenza hinkte leider ein wenig hinterher.

Ausgerechnet!

Das lag aber nicht an den Zugtieren, sondern an ihrem Kutscher. Shane MacGowan hatte am Abend zuvor wieder einmal zu viel getrunken. Er kam zwar beim Glockenalarm leidlich gut aus dem Bett, verfehlte aber sogleich einen seiner Stiefel. Anschließend verhedderte er den Gummizug seines Bartes irgendwo zwischen dem linken Ohr und seiner roten Nase, und die weiße Perücke schmückte nicht sein Kinn, sondern hing ihm über die Augen. So verbrauchte er weitere wertvolle Sekunden, und als er schließlich ein ordnungsgemäß gekleideter Weihnachtsmann war, plumpste er als letzter aller Fahrzeugführer auf seine Schlittenbank.

»Wird's bald?«, wieherte Mpenza.

»Na, endlich!«, rief Samina, und alle vier Zugtiere holten tief Luft.

»Na, endlich«, murmelte Sir Whopper Woolworth und verließ das Versteck hinter einem ausrangierten Kutschenschlitten, wo er auf die Auslösung des Weihnachtsalarms gewartet hatte. Funken sprühend zog die Zebra-Stier-Dromedar-Kuh-Kutsche los.

»Halt!«, schrie Whopper. »Stopp! Einen Moment noch!«

»Was ist denn jetzt schon wieder?«, schnaubte Luis wütend, als MacGowan an den Zügeln riss und auf die Bremse trat. Knirschend wie ein Schiff im Packeis und rasselnd wie ein Kirchturmuhrwerk kam die Kutsche zum Stehen.

»Wulle!«, rief Shane ungeduldig, und das Wort klang aus seiner Kehle wie ein Fußball, der in einem leeren Ölfass landet. »Was gibt's?! Was soll das?! Wir können jetzt beim besten Willen keinen heben! Wehe, du hast keinen besseren Grund für diese Störung! Weihnachtsalarm!«

Sir Whopper Woolworth keuchte zum Schlitten und sah sich um. Jetzt kam ihm zugute, dass MacGowan sich verspätet hatte. Niemand schaute ihnen zu. Er griff unter seine rote Jacke, zog ein winziges Kaninchen hervor, bugsierte es auf den Kutschbock, verbarg es unter der Fußdecke und hielt dem Kutscher schwer atmend einen Zettel vor die Nase.

»Das ist die Adresse. Da soll der Kleine hin.«

Shane MacGowan warf einen grimmigen Blick darauf und kniff die Augen zusammen.

»Liegt nicht auf meiner Route.«

»Dann ändere sie«, sagte Whopper.

»Das ist gegen die Vorschriften, stimmt's?«, knurrte MacGowan. »Illegal, hä?!«

»Sonst fällt Weihnachten aber für jemanden aus«, sagte Whopper beschwörend.

»Gebongt«, nickte MacGowan. Woolworth fiel ihm um den Hals und hielt den Atem an, denn der Kutscher roch wie eine Schnapsfabrik. Dann flüsterte Wulle der Milchkuh schnell noch etwas ins Ohr.

»Ich werde darauf achten«, muhte Hertha. »Jetzt aber los!«

»Hä?!«, schnauzte MacGowan. »Hat hier jemand Geheimnisse, oder was?!«

»Verbringen wir den Heiligabend eigentlich hier?«, schimpfte Samina.

»Oder fliegen wir noch mal los?!«, brüllte der Stier Luis wütend.

»Probleme, Leute?« Widur streckte den Kopf aus dem Versteck. »Ihr kriegt den Karren nicht von der Stelle, was? Ihr braucht Hilfe, stimmt's?!«

»Schnauze halten und festhalten, Kleiner!«, schrie MacGowan, ergriff die Zügel, und der Schlitten legte einen Senkrechtstart hin, der Widur an den Kutschbock presste wie einen eingeschlagenen Nagel.

»Yipiieh!«, schrie Shane MacGowan, und Luis brüllte: »Olé!!«

Wulle Woolworth sah, wie das Gefährt in Sekundenschnelle in den Himmelsweiten verschwand. Er war froh wie noch nie, dass er mit Shane befreundet war. Mit dem konnte man nicht nur monatelang sentimentale Lieder singen und Whiskey trinken, sondern obendrein war er auch genau der richtige Mann für die Kaninchenmission. Wulle hatte dennoch eine kleine Absicherung eingebaut, denn es wäre nicht das erste Mal, dass ein verkaterter Shane bei der Auslieferung Geschenke vertauschte.

Na, Hertha würde schon aufpassen, dass Widur am richtigen Ort landete.

Zufrieden schlenderte Wulle davon und pfiff »Wann wird's mal wieder richtig Sommer«. In der Abteilung *Wunschzettel* räumte er gemächlich seinen vorübergehenden Arbeitsplatz auf und besondere Freude machte es ihm, die Aufschrift der Ablage *Unerledigte Fälle* durchzustreichen. Danach kehrte er in sein Stammgebiet zurück. *Bescheidener Luxus* – das war genau das, was er jetzt brauchte.

Inzwischen zog der Fahrtwind auf MacGowans Schlitten Widurs flauschige Löffel nach hinten.

»Die Verspätung holen wir leicht auf!«, rief das Kaninchen und hopste vom Fußraum auf die Sitzbank. »Schließlich macht jetzt ein echter Widder bei euch mit!«

Herausfordernd stupste das Kaninchen den Kutscher an. »Wie wär's, wenn du mir mal die Zügel überlässt, Kumpel?«

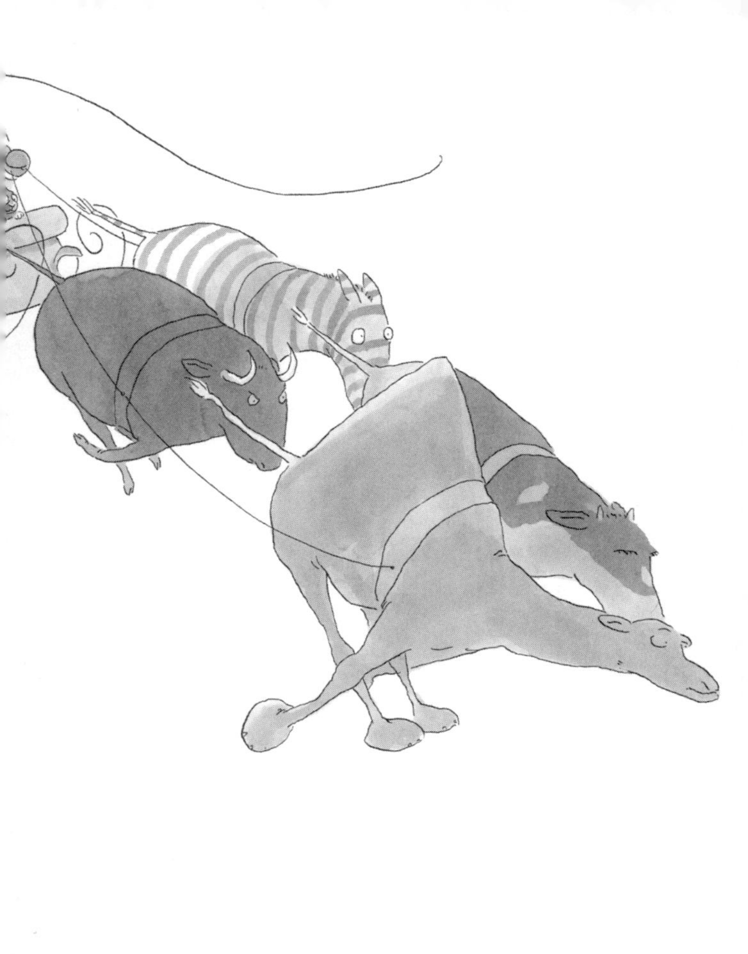

8. Schöne Bescherung

Lina wartete schon mit ihrem Bruder auf die Bescherung. Die beiden hielten es kaum noch aus, aber sie hatten versprochen oben in ihrem Zimmer zu bleiben, bis das Christkind in Form ihrer Mutter im Wohnzimmer eine kleine Glocke läutete. Daniel horchte angestrengt an der Tür. Vielleicht gelang es ihm, von unten einen Gesprächsfetzen aufzuschnappen. Am liebsten diesen hier: »Liebling, ist das da der Mount Everest oder Daniels Geschenkeberg? Auf dem Gipfel ist ja kaum noch Platz für sein Michael-Daniel-Owen-Trikot.«

Lina war viel zu nervös, um irgendetwas zu tun. Sie stand am Fenster und schaute hinaus. Lichterketten, die sie selbst mit ihrem Bruder in die Sträucher gehängt hatte, beleuchteten sehr romantisch ihren kleinen Garten. Aus den Fenstern der Häuser ringsherum orgelten weniger romantische Lichtspiele. Grelle Kreis- und Sternformen flackerten unablässig so hektisch wie Alarmsignale auf und ab.

Alarm, Alarm, Weihnachtsalarm!

Ausnahmsweise lag sogar Schnee. Weiße Weihnachten! Das hatte Lina noch nie erlebt, aber sie hatte keinen Blick dafür.

»Hoffentlich krieg ich das Kaninchen«, seufzte sie. »Hoffentlich, hoffentlicher, am hoffentlichsten!«

Daniel hob kurz den Kopf von der Tür und schüttelte ihn. »Du kriegst keins. Auf keinen Fall. Kapier das endlich!«

»Vielleicht krieg ich's ja doch!«

»Völlig unmöglich. Du weißt doch, Mama und Papa haben gesagt: *Keine Haustiere.*«

»Aber vielleicht haben sie sich's mittlerweile anders überlegt.«

»Dann hätten sie irgendwas anderes gesagt als: *Ein für alle Mal: Es bleibt dabei – keine Haustiere!*«

»Aber vielleicht wollen sie mich nur ganz groß überraschen!«

»Vergiss es«, sagte Daniel. »Du kriegst genauso wenig das Kaninchen wie ich eine Rennmaus.«

»Aber …«

»Ruhe jetzt!«

Daniel presste erneut sein Ohr gegen die Tür.

»Blödmann«, sagte Lina und fügte für alle Fälle in Gedanken an: ’tschuldigung, Weihnachtsmann oder Christkind, falls du das gehört hast und falls es dich gibt. Sie hatte nämlich keine Lust, durch irgendeine dumme Äußerung

die Chance auf das Kaninchen einzubüßen, auch wenn sie noch so gering war.

Lina wandte sich dem dunklen Himmel zu. Sie sah eine Sternschnuppe. Jeder weiß, dass man sich sogleich etwas wünschen darf, wenn man eine Sternschnuppe sieht. Logisch, dass Lina die Gelegenheit ergriff, ihrem größten Weihnachtswunsch noch etwas Nachdruck zu verleihen.

Die Schnuppe wurde schnell größer und vervielfachte sich zu einem regelrechten Funkenregen. Lina erkannte, dass das Sternfeuerwerk von einem Schlitten verursacht wurde, und ihr Mund klappte so weit auf, dass ein mittlerer Schoko-Nikolaus aufrecht hineingepasst hätte. Der Schlitten sah aus wie eine Kutsche, nur hatte er Kufen statt Räder und obendrauf saß eine dick vermummte Gestalt. Vorneweg liefen vier stattliche Tiere einfach so durch die Luft. Das Gefährt zischte genau auf Lina zu. Bald war es so nah herangekommen, dass sie die Zipfelmütze, den roten Anzug und den langen weißen Bart des Flugkutschenpiloten unterscheiden konnte. Es kam ihr seltsam vor, dass der Bart genauso falsch wirkte wie bei den Weihnachtsmännern in der Fußgängerzone. Die Umrisse der Zugtiere wurden zu einem echten Dromedar und einer braun-weiß gefleckten Milchkuh. Sie galoppierten schnaubend nebeneinanderher. Hinter ihnen stürmten ein Zebra, gestreift wie ein Fußgängerübergang, und ein mächtiger Stier mit geschwungenen, messerspitzen Hörnern, und wenn sie alle nicht bald die Richtung änderten, würden sie mitten ins Zimmer krachen.

»Achtung!«, schrie Lina.

»Ruhe!«, schrie Daniel.

»Steilflug!«, schrie draußen der Kutscher und seine Stimme hörte sich an wie ein verrostetes Saxofon. »Verdammt noch mal, mach dich fertig, Widur! Und für euch anderen: Steilflug, hab ich gesagt! Hochziehen, die Karre!!«

»Verdammt noch mal! Ruhe!«, zischte Daniel.

Direkt vor dem Fenster tauchte nun die riesige rosafarbene Schnauze der Kuh auf. Lina sah dem Tier einen Augenblick lang erschrocken in die großen Augen. Sie duckte sich und schlug schützend die Arme über dem Kopf zusammen. Eine Frage raste durch ihren Kopf: Welche Art von Unheil würde eine Kuh anrichten, die mit

schätzungsweise zweihundert Stundenkilometern durchs geschlossene Fenster in ihr Zimmer flog? Außerdem passte sie wahrscheinlich gar nicht durch, und selbst wenn sie doch passte: Für das Dromedar neben ihr war bestimmt kein Platz mehr. Und für den Schlitten dahinter erst recht nicht. Sie würden das Haus in Schutt und Asche legen! Ach du je. Wie sollte sie das ihren Eltern erklären?!

Das alles ging Lina in einem einzigen Augenblick durch den Kopf.

Und dann geschah – nichts.

Lina plinkerte vorsichtig zwischen ihren Händen hervor und atmete auf.

Die Zugtiere hatten im letzten Augenblick

senkrecht nach oben abgedreht. Lina sah noch, wie sie den Schlitten über das Haus hinwegwuchteten.

Im nächsten Moment warf Shane MacGowan die Geschenke ab und atmete so tief durch, dass ein heftiger Windstoß durch das Stadtviertel fuhr.

»Leute, ein Crash zum Schluss, das hätte uns noch gefehlt!«

»Das war alles Berechnung«, muhte Hertha. Samina, Mpenza und Luis stimmten ihr zu.

»Leute, wir haben's geschafft! Das waren die Letzten auf unserer Route!«

Der Kutscher klatschte begeistert seine dicken Handschuhe gegeneinander. Er freute sich auf die Unmengen von Whiskey, die er in Kürze mit Wulle Woolworth kippen würde, und auf die endlosen Trinklieder, die sie dazu singen würden. Nach Weihnachten bestand sogar die Möglichkeit, dass der alte Matthäus ein wenig mitsaufen würde. Shane ließ die Zügel locker, schraubte die Thermoskanne auf und nahm einen kräftigen Schluck. Sein Gespann freute sich währenddessen schon auf zu Hause: himmlisch weite Wüsten, Savannen und Wiesen. Und das fast ein ganzes Jahr lang – bis der Nikolaustag die nächste Weihnachtssaison einläutete.

»Leute, ihr wart gar nicht schlecht fürs erste Mal!«

Der rotnasige Weihnachtsmann beugte sich weit vor, um dem Zebra die Streifen zu tätscheln.

»Das will ich meinen«, schnalzte Samina und ihre Kollegen nickten stolz. Das konnten sie auch sein, denn *gar nicht schlecht* war das größte Kompliment, das Shane MacGowan zu vergeben hatte.

Als er es sich wieder auf dem Bock bequem machte, fiel ihm sogleich auf, dass Widur nicht mehr da war.

»So ein kleines Großmaul«, murmelte er. »Stundenlang hat er genervt. Und trotzdem fehlt er mir jetzt. Seltsam. Ja, seltsam! Ist das nicht seltsam?!!«, schrie er zu seinen Kutschtieren hinüber.

»Vieles ist seltsam!«, schnalzte Samina.

»Alles«, wieherte Mpenza.

»Widur ist nun genau am richtigen Platz«,

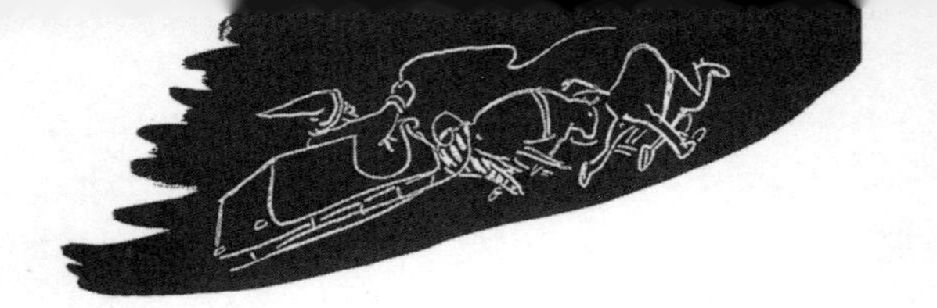

muhte Hertha. »Ich weiß nicht, was daran seltsam sein soll.«

»Yippiie! Vollgas!!«, brüllte Shane MacGowan und riss an den Zügeln wie ein Düsenjet-Pilot am Knüppel für die Höchstgeschwindigkeitsstufe.

Blitzschnell verschwand das Gespann in den himmlischen Weiten.

Lina betrachtete staunend den Funkenregen, der die Dachschindeln hinabsprang. Sie öffnete das Fenster und verrenkte sich fast den Hals, um dem Gefährt hinterherzustarren. Hatte da nicht buntes Geschenkpapier auf der Ladefläche geleuchtet? Hatte da nicht eine Schleife aus vergoldetem Verpackungsband geglitzert? Und vor allem, vor allem, vor allem:

Hatte der Flugwind nicht neben dem Kutscher zwei zwar außergewöhnlich kleine, aber doch typisch lang gestreckte flauschige Ohren zerzaust?!

Lina seufzte glücklich.

»Hier riecht's nach Kuh«, knurrte Daniel, ohne seine Aufmerksamkeit von der Tür zu wenden. »Typischer Mädchenfurz. Du hast gepupst!«

»Stimmt überhaupt nicht, Blödmann!«

Lina war so entrüstet, dass sie sogar vergaß sich für alle Fälle beim eventuell doch irgendwie vorhandenen Christkind oder Weihnachtsmann zu entschuldigen.

Daniel zeigte auf das Fenster.

»Das ist der Beweis! Du hast es aufgemacht, damit ich den Gestank nicht bemerke.«

»Das ist kein Gestank, sondern würziger Landgeruch! Von einer echten Kuh, Blödmann! Die riechen immer so, auch ohne Pups!«

»Natürlich. Eine echte Kuh, was denn sonst. Die ist gerade übers Haus geflogen, stimmt's?«

»Genau«, sagte Lina erstaunt. Manchmal war ihr Bruder doch nicht so blöd, wie sie dachte.

»Muuh, muuuh!«, machte Daniel und hielt seine Zeigefinger an die Stirn. Er streckte sie seiner Schwester erst als Hörner entgegen und dann kreiste er damit an seinen Schläfen herum und zwitscherte dazu wie ein Vogel.

»Piieep, piiieeep!«

Am Ende blieb er halt doch ein Blödmann. Trotzdem unternahm Lina noch einen Versuch, ihn zu überzeugen.

»Guck, das Fenster ist sogar noch beschlagen. Das war ihr Atem!«

»Beweis Nummer zwei!« Daniel hielt sich die Nase zu. »So eine Granate hätte ich dir echt nicht zugetraut! Eine, von der sogar das Fenster beschlägt!«

»Blödmann, das Fenster ist von außen beschlagen!«

»Tatsächlich!« Daniel machte große Augen. »Das ist einfach nicht mehr normal!«

»Glaubst du mir jetzt endlich?«, fragte Lina.

Ihr Bruder sah sie kopfschüttelnd an.

»Was hast *du* bloß gestern gegessen?!«

Damit hatte er sich endgültig einen Schienbeintritt plus Kneifzugabe verdient, aber bevor Lina sie ihm verpassen konnte, bimmelte unten das Bescherungsglöckchen und sorgte für einen befristeten Waffenstillstand.

Im Wohnzimmer leuchteten jede Menge Kerzen, der Weihnachtsbaum strahlte sehr festlich und davor beulten sich unter einem großen weißen Tischtuch ganze Gebirgszüge von Geschenken.

Nun lagen nur noch ein paar Lieder und Gedichte zwischen ihnen und den Kindern!

Daniel rasselte die Verse von den Äpfeln, Nüssen und Mandelkernen, die alle Kinder gern essen, im Formel-1-Tempo herunter, und Lina flötete so eilig *Süßer die Glocken nie klingen,* dass es eigentlich in *Schneller die Glocken nie gingen* hätte umbenannt werden müssen. Zum

Schluss sollten sie gemeinsam *Von drauß' vom Walde komm ich her* aufsagen, und sie hatten gerade die erste Zeile hinter sich, als Bewegung in die untersten Zweige des Weihnachtsbaums kam. Es raschelte und wackelte, und zwei außergewöhnlich kleine, aber doch ziemlich lange Ohren tauchten auf, gefolgt von einer Schnupperschnauze. Dann hoppelte ein winziges Kaninchen über die Geschenkberge, die noch unter dem weißen Tischtuch verborgen auf die Kinder warteten, ließ ein paar schwarze Köttel darauffallen und sprang Lina in die Arme.

»Ich bin Widur, der Widder«, mümmelte es. »Sollte hier nächstes Jahr, wenn es auf Weihnachten zugeht, jemand zufällig mit einer Kutsche voller Geschenke losziehen wollen: Ich bin ein gutes Zugtier, vor allem in der Luft!«

»Du sollst alles haben, was du willst«, sagte Lina überglücklich und Widur stellte sehr zufrieden die Löffel auf.

Daniel starrte die beiden an.

»Das gibt's doch nicht! Sie hat tatsächlich ein Kaninchen gekriegt!«

Lina streckte ihm die Zunge heraus.

Daniel sprang mit einem Satz zum Geschenkberg und zog das Tischtuch weg. Blitzschnell durchwühlte er alles, und als er fertig war, kam ihm selbst das Michael-Daniel-Owen-Trikot, das er auf dem Gipfel gefunden hatte, mickrig vor.

»Und wo, bitte schön, ist meine Rennmaus?!«, fragte er.

»Eine Rennmaus ist kein Lasttier, mein Junge«, mümmelte Widur. »Wie soll denn die, bitte schön, jemals einen Schlitten voller Geschenke durch die Luft ziehen?«

Die Eltern machten sich schon seit einer Weile verstohlene Zeichen.

»Wieso hast du …?«, zischelte der Vater und zeigte möglichst unauffällig auf Widur.

»Wieso ich?! Du!«, erwiderte die Mutter in

erregtem Flüsterton und zeigte möglichst unauffällig auf ihren Mann.

»Wo ist meine Rennmaus?!«, wiederholte Daniel streng.

»Rennmäuse hatte, äh … der Weihnachtsmann, ähm … nicht rechtzeitig im Angebot«, sagte der Vater.

Die Mutter nickte eifrig. »Das Christkind liefert aber, hm … so bald wie möglich noch eine nach.«

»Das will ich schwer hoffen.«

Daniel beschloss seinen Eltern zu glauben und wandte sich halbwegs versöhnt Widur zu. »Darf ich mal streicheln?«

»Na gut.«

Lina war nicht nachtragend. Außerdem war Weihnachten.

»Nichts gegen Rennmäuse«, schnuffelte Widur Daniel zu. »Nur für unseren Weihnachtsjob sind sie nicht sehr geeignet. Wenn du auf ein Zugtier aus bist, nimm lieber einen Elch oder einen Wasserbüffel. Oder halt einen kernigen Widder wie mich.«

Im Lauf des schönen Weihnachtsabends stellte Daniel fest, dass sein neues Trikot perfekt zu ihm passte. Außerdem erkannte er, dass es nicht ganz so schlimm war, dass Lina nun ein Haustier besaß und er noch nicht. Seine Schwester hatte sich das Kaninchen nämlich eindeutig dringender gewünscht als er sich die Rennmaus.

Während Lina Widur knuddelte, fragte sie ihre Eltern: »Wusstet ihr schon, dass der Weihnachtsmann wirklich auf einem großen Kufenschlitten durch die Luft zischen kann?«

»Das ist allgemein bekannt«, sagte die Mutter.

»Wisst ihr auch, von wem der Schlitten gezogen wird?«

»Rentiere.«

»Ganz falsch«, erklärte Lina. »Es sind ein Dromedar, ein Zebra, ein Stier und eine Kuh.«

Der Vater rieb sich übers Kinn und betrachtete seine Tochter nachdenklich.

»Da muss sich was geändert haben«, murmelte er.

»Sie rasen haarknapp an den Häusern vorbei und lassen dabei die Geschenke fallen«, fuhr Lina fort. »Die landen dann genau unter dem Weihnachtsbaum.«

»Das kommt mir wieder bekannt vor«, sagte der Vater.

»Aber soll ich dir mal sagen, was ich unbedingt wissen möchte, Papa?«

»Hm, hm, was denn?«

»Ich möchte zu gern wissen, wie sie es schaffen, alles durch die Mauern zu kriegen und so«, sagte Lina. »Ohne eine Tür oder ein Fenster aufzumachen und ohne irgendwas zu beschädigen. Hast du eine Ahnung?«

Der Vater schüttelte kleinlaut den Kopf und seine Frau sprang für ihn ein: »Das ist doch klar und altbekannt: Die Sachen kommen alle durch den Kamin.«

»Aber der ist doch viel zu schmutzig und außerdem für viele Geschenke viel zu eng«, gab Lina zu bedenken. »Und der kleine Widder hätte sich bei dem Sturz sämtliche Knochen gebrochen.«

»Tja, hm, das stimmt wohl«, sagte die Mutter, und Widur rief: »Da liegt ihr aber voll daneben, meine Lieben! Ich sag nur: Lang machen und gekonnt abrollen! Okay, das ist enorm schwierig, aber für einen wie mich kein großes Ding.«

»Das ist Weihnachtszauberei!«, rief Daniel. »Was denn sonst!«

Lina schaute ihn erstaunt an. So eine Aussage hätte sie von ihrem Bruder am allerwenigsten erwartet.

»So ist es«, nickte die Mutter. »Weihnachtszauberei. Was denn sonst!«

»Jaja«, murmelte der Vater und warf seiner Frau einen verwirrten Blick zu. »Genau.«

Die Eltern zischelten und flüsterten trotzdem noch eine Weile hin und her, aber schließlich zuckten sie die Schultern und stießen mit Sekt an.